鐵山大公
철산대공

FANTASTIC ORIENTAL HEROES

임준후 新무협 판타지 소설

철산대공 1

임준후 新무협 판타지 소설

초판 1쇄 찍은 날 § 2011년 5월 19일
초판 1쇄 펴낸 날 § 2011년 5월 26일

지은이 § 임준후
펴낸이 § 서경석

총괄팀장 § 유경화
편집책임 § 주소영
편집 § 어정원

펴낸곳 § 도서출판 청어람
등록번호 § 제1081-1-89호
등록일자 § 1999. 5. 31
어람번호 § 제2-2092호

주소 § 경기도 부천시 원미구 심곡2동 163-2 서경B/D 3F (우) 420-822
전화 § 032-656-4452팩스 § 032-656-4453
http://www.chungeoram.com
E-mail § chungeoram@chungeoram.com

ⓒ 임준후, 2011

ISBN 978-89-251-2512-1 04810
ISBN 978-89-251-2511-4 (세트)

鐵山大公

철산대공

1

임준후 新무협 판타지 소설

FANTASTIC ORIENTAL HEROES

청어람
도서출판

작가의 말

철산대공은 복잡하지 않은 글입니다.

무겁지도 않습니다. 그렇다고 너무 가벼운 글도 아닙니다.

초반부를 보시고 코믹물이 아닌가 생각하는 분들도 계실 겁니다만 이 글은 코믹물이 아닙니다. 초반부는 좀 편하게 가려고 분위기를 그렇게 잡았을 뿐입니다. ^ ^;;

철산대공은 제 전작인 천마검염전의 피 냄새를 잊기 위해서 쓴 글입니다.

편안하게 글을 쓰려 합니다. 제 전작들과 분위기가 많이 달라서 어떤 반응이 있을지 사실 좀 걱정도 되긴 합니다만.

완결권이 나오는 날까지 최선을 다해 써보겠습니다.(_._)

스승께서 물으셨다.

"의(義)가 무엇인지 아느냐?"

나는 계속해서 흘러내리는 굵은 눈물을 훔칠 생각도 못하고 그저 뒷머리만 긁적였다.

회광반조(廻光反照).

맑게 빛나는 눈으로 나를 보며 대답을 기다리시던 스승께서 다시 물으셨다.

"그럼 협(俠)이 무엇인지 아느냐?"

나는 덜덜 떨리는 손을 간신히 들어 턱에 매달린 눈물을 훔친 후 역시 뒷머리만 긁적였다.

스승의 얼굴에 피어난 미소가 짙어져 갔다.

나는 죄송스러움에 몸 둘 바를 몰랐다.

왜 웃으시는 건지 이유를 알 수 없었으니까.

제대로 대답하지 못하는 내 어리석음이 스승을 실망시킬까 너무나 두려웠다.

하지만 스승께선 깡마른 손을 내 무릎 위에 올려놓으시며 여전히 미소가 지워지지 않은 얼굴로 내게 말씀하셨다.

"그래, 입에 발린 의와 협이라면 누가 그것을 못하랴. 네가 좋아하는 방식대로 살아라. 지금까지처럼 마음이 가고 몸이 가는 대로."

늘 그러셨던 것처럼 마음을 다독이며 파고드는 부드럽고 따스한 음성이셨다.

그 말씀을 끝으로 스승께서는 눈을 감으셨다.

후일 무림인이라면 정, 사, 마를 막론하고 이를 갈며 치를 떨었던 괴협(怪俠) 철산대공(鐵山大公) 강산하(姜山河)가 강호로 나온 그날 아침의 일이었다.

第一章

鐵山
철산
대공
大公

강서성 중부.

옥화산.

"어이, 산하야!"

산길을 터벅터벅 걸어가던 강산하는 자신을 부르는 소리에
걸음을 멈췄다.

삼십여 장쯤 떨어진 산둥성이.

한여름의 뙤약볕 밑에서 웃통을 벗어젖히고 도끼질을 하던
육중한 근육질의 사내가 그를 향해 반갑게 손을 흔들고 있었다.

사내가 어깨에 턱 메고 있는 도끼는 길이 다섯 자에 날의 길
이만 한 자에 달하는 대부다.

모르는 사람이 보았으면 산적으로 오인하고 바로 뒤로 돌아 줄행랑을 칠 행색.

산하는 머리를 꾸벅 숙여 인사했다.

"장수 형님, 쉬엄쉬엄 하세요."

"안 그래도 쉬려는 참이었다. 이리 와 화주나 한잔하고 가라."

곽장수는 연신 손짓으로 산하를 불렀다.

산하는 침을 꿀꺽 삼켰다.

한잔하고 떠나도 상관없었다.

어차피 정해진 기일 내에 도착해야 하는 행로도 아니었고, 그는 곽장수를 찾고 있는 참이었다.

산하는 큰 걸음으로 곽장수가 있는 쪽으로 걸어갔다.

휘적휘적 가파른 산등덩이를 산책하듯 수월하게 올라와 앞에 도착한 산하를 올려다보며 곽장수가 풀썩 웃었다.

"하하하, 엿새 못 보았는데 한 육 년은 못 본 것 같네. 내가 올려다봐야 할 정도니 그 짧은 사이에 키가 더 큰 것이냐?"

산하는 머쓱한 얼굴로 뒷머리를 긁적였다.

곽장수는 올해 나이 서른일곱으로 옥화산 마을뿐만 아니라 인근에서 가장 번화하다는 상운현에서조차 가장 덩치와 힘이 좋다고 소문난 나무꾼이었다.

그는 천하장사로 소문났던 부친의 피를 이었는지 태어날 때부터 장사였고, 그에 걸맞게 육 척이 훌쩍 넘는 키에 몸무게가 삼백 근에 육박하는 초대형 거구였다. 하지만 몸무게가 많이 나간다고 둔살은 아니었다.

일곱 살 때부터 나무를 내다 팔아서 생계를 유지한 터라 온몸이 군살 하나 찾아볼 수 없는 근육질이다. 게다가 이목구비의 선이 굵고 큼직큼직한데다 구레나룻이 얼굴의 반을 가릴 정도로 무성해서 언뜻 보면 딱 산적이다.

그런 그도 산하 앞에 서자 커 보이지 않았다.

산하는 곽장수보다 몸무게는 덜 나갔지만 키는 반 뼘 정도 더 컸다. 그리고 팔다리가 길고 탄성이 나올 만큼 몸의 균형이 조화를 이루고 있어서 거구의 사내들에게 종종 나타나는 특유의 부자연스러움이 느껴지지 않았다.

곽장수보다 덩치가 작고 몸의 균형이 잘 이루어져 있다고는 하지만 그도 보기 드물게 장대한 체구다. 그래서 조금만 움직여도 보는 이에게 심한 압박감을 느끼게 하긴 했다.

한 가지 단점만 없었다면 산하는 어딜 가든 장군감 소리를 듣고도 남았을 것이다.

도끼를 내려놓은 곽장수는 베어낸 나무 덕분에 생긴 공터 한복판으로 산하를 잡아끌었다. 공터 옆에는 곽장수가 벤 나무들이 산더미처럼 쌓여 있었다.

"엿새나 코빼기도 안 보이고, 뭐 했냐?"

"스승님한테 회초리 맞으면서 수련했어요."

눈을 껌벅이며 뒷머리를 긁적이는 산하를 일별한 곽장수는 그루터기 밑에 아무렇게나 놓인 행낭에서 아이 몸통만 한 술병과 두터운 육포를 한 줌 꺼내며 혀를 찼다.

"쯧, 넌 그 순한 표정만 좀 독하게 바꾸면 대처에 나가 한자리하고도 남을 놈인데 말이야."

곽장수와 마주 앉은 산하는 씨익 웃었다.

"부모님이 주신 얼굴인 걸 어쩌겠습니까. 흐흐흐."

굵은 눈썹과 태산준령처럼 쭉 뻗어 내린 콧날, 한일자로 다물린 두툼한 입술과 선이 뚜렷한 턱.

목까지 내려오는 머리카락이 제멋대로 헝클어져 많은 부분이 가려져 있어서 그렇지 산하의 얼굴은 같은 남자가 보아도 탄성이 나올 만큼 사내답게 생겼다.

그런데 눈이 문제였다.

산하의 커다란 두 눈은 흑백이 뚜렷하고 맑았는데 맑은 게 지나쳐 순하기 이를 데 없어 보였다. 그리고 실제로 산하는 순한 성격이었다.

마을의 개구쟁이들이 아무리 놀리고 괴롭혀도 화를 낼 줄 모르는 것이다.

아이들을 내려다보는 그가 순한 눈을 껌벅이며 뒷머리를 긁적이면 외양간에 묶어놓은 황소의 모습 그대로였다.

그래서 옥화산 마을 사람들이 그에게 붙여준 별명이 철산대공(鐵山大公)이었다.

철산은 강철로 만든 산처럼 변함없는 성정을 가진 사람이라는 뜻이다.

뒤의 붙은 대공이란 말에는 사연이 있었다.

본래 사람들이 철산 뒤에 붙여준 건 다른 말이었다. 하지만 마을 장정들의 죽음을 불사한(?) 격렬한 반대에 부딪쳐 그 말

대신 대공이 붙었다.

목이 마를 때 마시려고 나무꾼이 준비한 화주다. 술잔 따위
가 있을 리가 없다.

곽장수는 병째 들고 벌컥벌컥 소리를 내며 화주를 들이켠
후 산하에게 병을 건넸다.

"마셔."

"예."

"남겨라. 전처럼 한 모금에 다 마시면 죽을 줄 알어."

"흐흐흐."

낮게 웃음을 흘린 산하는 술병을 입에 꽂았다. 그의 목울대
가 몇 번 오르락내리락 움직이는가 싶더니 병에서 들리던 찰
랑이는 소리가 확연하게 줄었다.

탁!

잽싸게 술병을 낚아챈 곽장수는 입맛을 다셨다. 술은 오분
지 일도 남지 않았다.

그가 투덜거렸다.

"세상에 믿을 놈 하나 없다던 돌아가신 아버님 말씀이 정말
진리라니까."

"그래도 두어 모금 남았습니다, 형님."

"잘했다, 자식아. 열아홉밖에 안 된 놈이 뭔 술을 그리 잘 마
신다냐."

산하를 한번 째려보고 난 후 남은 술을 입안에 털어 넣은 곽
장수가 피식 웃었다.

이마에 피도 마르지 않은 어린 산하에게 술을 가르친 사람이 그 자신이었다.

뭐라 타박할 처지가 아닌 것이다.

그가 물었다.

"근데 너, 차림이 좀 이상하다. 어디 먼 데 가냐?"

산하는 계절에 상관없이 늘 정강이가 드러나는 마로 된 반바지에 어깨부터 잘린 상의, 그리고 질긴 풀을 엮어 만든 초혜를 신고 다녔다.

오늘도 그 차림은 같았다. 하지만 다른 것도 있었는데, 등에 메고 있는, 보통 사람이라면 짊어지기도 버거워할 만큼 커다란 행낭이 평소와 달랐다.

곽장수가 산하를 알고 지낸 십여 년 동안 한 번도 본 적이 없는 차림새였다.

"집에 좀 다녀오려고요."

"집에? 그 감숙성에 있다는 너희 본가 말이냐?"

"예."

곽장수는 놀란 듯 입을 쩌억 벌렸다.

이곳에서 감숙성까지는 직선으로 가도 사천 리가 넘는 길이다.

약관도 안 된 열아홉 살 소년(?)이 갈 만한 행로가 아니었다.

"혼자서?"

"같이 갈 사람이 있겠습니까? 흐흐흐."

"어르신네는 누가 모시고?"

어리둥절한 얼굴로 묻던 곽장수는 무언가에 생각이 미친 듯
안색이 변했다. 그는 눈을 부릅뜨고 물었다.

"어르신네… 돌아가신 거냐?"

산하는 시무룩한 표정으로 고개를 주억거렸다.

"아침에요."

절반쯤 일어난 곽장수의 눈썹이 역팔 자로 곤두섰다.

"이 자식이! 그런 일이 있으면 촌장님께 말씀드려야지. 요
일 년 동안 어르신네 몸이 계속 안 좋아지셔서 다들 마음의 준
비를 하고 있었는데……. 설마 너 혼자 일 치른 거냐?"

"조용히 가고 싶으시다며 연락하지 말라는 게 유언이셨어
요. 어차피 세월이 흐르면 저쪽 동네에서 또 만날 텐데 부질없
이 눈물 흘릴 일 있냐시면서요."

곽장수는 어깨를 늘어뜨리며 엉덩이를 땅에 붙였다. 그의
눈에 눈물이 글썽였다.

그는 소맷자락으로 쓰윽 눈가를 닦으며 말했다.

"그 어르신네가 마을에 베푸신 은혜가 얼마인데… 그렇게
보내 드리는 건 인두겁을 쓴 사람이 할 짓이 아니다."

"원하지 않으실 겁니다, 형님."

"원하지 않으신다 해도 우리가 할 도리는 해야 하는 거다,
이놈아."

곽장수는 툴툴거리며 산하를 째려보았다.

"으이구, 이 화상아. 어르신네께서 그리 말씀하신다고 너 혼
자 덩그러니 임종을 지켜 드렸단 말이냐?"

"예."

당연하다는 기색의 대답에 곽장수는 혀를 내두르며 고개를 저어댔다.

"어르신네 생전 말씀처럼 화장이겠지?"

"예."

"어디에 모셨냐?"

"집 뒤 양지바른 곳에 모셨습니다."

"너 혼자 두고 불안해서 어찌 가셨을지 모르겠구나."

"잘 가셨을 겁니다. 마음에 뭘 두고 산 분이 아니셨잖아요. 그리고 아마 염라국 사자들도 그분께는 정중할 걸요. 안 그러면 회초리를 된통 맞을 테니까요. 흐흐흐."

산하의 낮은 웃음소리에 조금 무거웠던 분위기가 다시 밝아졌다.

"집에 가면 얼마나 있을 건데?"

"한 일이 년 있어야 되지 않을까 싶습니다. 가문이야 형이 이어받을 거고, 저는 그냥 부모님께 그동안 못다 한 거 해드리려고 가는 거니까요."

곽장수는 새삼스럽다는 눈초리로 산하를 요리조리 훑어보았다.

그가 산하를 처음 본 게 십일 년 전이다.

산하의 나이 여덟 살 때.

도끼로 나무를 찍어대는 그의 옆에서 엄마가 보고 싶다면서 코를 훌쩍이던 순둥이 꼬마가 그보다 체구가 더 큰 장정이 된 것이다.

"돌아오긴 할 거냐?"

산하가 씨익 웃었다.

"여기 제 집이 있잖습니까."

"마을에는 안 들르고?"

"돌아와서 인사드리죠, 뭐."

속 편하게 말한 산하가 자리에서 일어나 엉덩이를 툴툴 털었다.

"술 잘 마셨습니다, 형님. 다녀올게요."

마실이라도 다녀오는 사람의 말투다.

함께 일어선 곽장수는 서운한 표정을 숨기지 못했다.

"집 떠나면 고생이다, 인마. 길에서는 산적들 조심해라. 네 덩치 보고 시비 걸 놈은 그리 흔하지 않을 테지만 그래도 조심해. 다른 데 있는 산적들은 여기 있는 그 술꾼 산적 놈처럼 말이 통하지 않아. 그리고 이곳에 있을 때처럼 아무 일에나 불쑥불쑥 끼어들면 안 된다. 바깥세상은 무서운 곳이야. 눈 뜨고 있는 데도 코를 베어가는 흉악한 놈들도 많다더라. 오래 있을 거 같으면 촌장님께 서신이라도 드리고. 그분 글 읽을 줄 아시잖냐."

"예, 형님."

산하는 고개를 꾸벅 숙였다.

그의 어깨를 두드린 곽장수가 아쉬운 듯 손을 떼지 못하며 말했다.

"어르신네 묘는 내가 보살피마. 염려하지 말고 다녀와."

"묘에 자라는 잡풀 베지 말고 내버려 두라고 하셨는데……."

"네놈을 못 믿어 하신 말씀이겠지. 쓸데없는 소리 하지 말고 빨리 가라. 빨리 가야 빨리 돌아오지."

"알았어요."

씨익 웃은 산하가 행낭을 등에 둘러메고는 다시 한 번 고개를 꾸벅 숙여 인사하고 걸음을 뗐다.

멀어지는 산하의 등을 보는 곽장수의 눈에는 어린 동생을 멀리 떠나보내는 형의 눈에나 보일 법한 근심의 기색이 완연했다.

"사천 리가 넘는 길을 혼자 가도 되려나. 제 한 몸 건사할 능력이야 넘치는 놈이긴 하지만 세상 경험이 전무한데다 가끔 아무렇지도 않게 엉뚱한 짓을 하는 녀석이라 그런지 물가에 내놓은 세 살배기처럼 안심이 안 되네. 거참… 어르신네가 세상에 나가도 크게 염려할 건 없을 거라고는 하셨지만… 손을 좀 써봐야 하려나."

그가 중얼거린 뒷말은 소리가 너무 작아 입 밖으로 흘러나오지 않았다.

그리고 그의 중얼거림이 끝났을 무렵 산하의 모습도 숲에서 사라졌다.

* * *

강서성 중부를 횡으로 가로지르며 이백여 리에 걸쳐 길게 누워 있는 옥화산은 높이 육천 척이 넘는 봉우리들이 즐비한 험산준령이다.

산이 깊은 만큼 쉬이 보기 어려운 맹수도 많고 길도 제대로 나 있지 않다.

그래도 이 산을 넘는 사람은 적지 않았는데, 성의 남부에서 성도인 남창으로 가는 데는 옥화산을 넘는 게 지름길이기 때문이었다.

깊은 산에 넘나드는 사람이 많으면 당연히 꼬이는 부류가 있다.

바로 산적이다.

고래로 몸뚱어리 하나로 먹고살려는 사람이 없었던 시대는 없다.

요즘이라고 딱히 다를 것도 없어서, 옥화산에서 산적질을 업으로 삼고 살아가는 사람들의 수는 백 단위를 가볍게 넘을 정도로 많았다.

시절이 하수상해서 최근에는 그 수가 더 많아졌다는 얘기도 떠도는 옥화산의 산적들은 행인지 불행인지 하나의 단체에 속해 있었다.

옥화산채.

중원의 사도무림에 거대한 영향력을 행사하고 있는 녹림칠십이채 중의 하나에 속하지는 못해도 상당한 규모를 갖고 있는 산적들의 집단이다.

이 옥화산채의 산적들은 다른 곳과는 조금 달라서 이곳을 지나는 사람들이나 산에 사는 사람들은 옥화산채를 좋아했다.

하지만 그건 최근 십여 년 사이의 이야기이고, 그 이전에는 다들 산채의 산적들을 두려워하고 싫어했다.

가을철마다 마을에 내려와 곡식을 빼앗아가고, 아녀자를 납치해 가거나 심할 경우 마을 사람을 죽이는 짓도 다반사로 벌이던 게 산적들이었다. 산을 넘는 행인들을 공격하는 것이야 기본이었고.

분위기가 바뀐 것은 십일 년쯤 전부터였다.

그때 이후로 산적들은 마을에 내려오지 않았고, 산을 넘는 사람들에게 받는 상납도 지닌 재물의 십분지 일 이상을 받지 않았다. 사람을 상하게 하는 일은 당연히 없었고.

옥화산채가 자리 잡고 있는 곳은 옥화산 서북쪽의 연이어지는 봉우리들 덕분에 자연스럽게 만들어진 분지였다.

분지는 입구가 되는 남쪽 십여 장을 제외하고는 수백 척 높이의 산봉우리들이 사면을 병풍처럼 두르고 있었다. 그리고 산채까지 가는 길은 익숙한 사냥꾼들도 헤맬 만큼 험했다.

덕분에 옥화산채는 산채가 세워진 지 오십여 년이 지난 오늘날까지도 관군의 토벌을 한 번도 받은 적이 없었다.

복 받은 산채였다.

산속은 해가 빨리 진다.

서편 하늘이 타는 듯한 노을로 붉게 물들어갈 무렵 옥화산채의 정문에서 백여 장 떨어져 있는 오솔길에 장대한 신형이 나타났다.

말이 오솔길이지 작은 산짐승이나 다닐 법한 길 전체를 꽉
채우며 한 마리의 곰처럼 어슬렁어슬렁 걸어오는 사내는 산하
였다.

그가 오솔길에 모습을 보인 순간 옥화산채 내에서 요란한
경종 소리가 났다.

땡땡땡땡땡땡!

푸드득푸드득!

펄쩍펄쩍!

주변의 숲에서 산새들과 산짐승들이 이리 뛰고 저리 뛰고
난리가 났다.

산하는 손가락으로 귀를 후볐다.

"여전히 시끄러운 아저씨들이구먼."

그는 어딘지 정겨움이 스며 있는 어조로 투덜거리며 정문으
로 걸어갔다.

정문이 있는 계곡의 입구는 높이 사 장에 달하는 목책에 의
해 막혀 있었다.

목책을 이루는 나무들은 폭이 석 자가 넘는 아름드리 통나
무들.

산하가 산채의 정문에 도착했을 때 높이 이 장, 폭 일 장에
달하는 통나무를 깎아 만든 커다란 정문은 안쪽을 향해 활짝
열려 있었다.

마치 기다리고 있기라도 했다는 듯 정문을 꽉 채우고 서 있

던 이백여 명의 사내가 산하를 힐끔힐끔 보다가 일제히 허리를 숙였다.

"소신선(小神仙)의 방문을 환영합니다!"

옥화산이 떠나갈 듯 우렁찬 목소리.

예외없이 등에 넉 자가 넘는 거치도를 메고 있는데다가 복식은 제멋대로였고, 얼굴에 크고 작은 칼자국 하나씩은 기본으로 갖고 있는 험상궂은 사내들의 대환영.

마을 사람들이 보았으면 질겁할 상황이었다.

하지만 산하는 뺨을 조금 붉히며 손사래를 쳤을 뿐이다. 당황한 표정은 아니었고, 이백여 명의 사내가 한꺼번에 하는 인사가 부담스럽다는 얼굴이었다.

누가 봐도 처음 겪는 일이 아니라는 걸 알 수 있는 모습.

그는 사내들에게 가볍게 목을 숙여 마주 인사를 하며 뒷머리를 긁적였다.

목을 세운 그가 말했다.

"소신선은 무슨, 이러지들 말라고 했잖아요."

하지만 산하가 무어라 하던 그가 통과할 수 있도록 양편으로 갈라지며 길을 내주는 사내들은 흉악무도한 산적이라고는 믿어지지 않을 만큼 예의 바른 태도를 유지했다.

그런데 사내들의 얼굴빛이 조금 이상했다.

하나같이 낯빛이 창백했고, 개중에는 식은땀을 비 오듯 흘리는 사람들도 흔했다.

누군가 그들의 생각을 읽을 수 있었다면 이백여 명의 속생각이 비슷하다는 걸 알고 놀랐을 것이다.

'며칠 안 와서 천당이었는데…….'

'오늘도 지옥 구경 하겠구나.'

'귀신들은 뭐 하나, 철산대공 안 잡아가고.'

'오늘은 몇 시진이나 할까. 지치지도 않는 괴물 같은 인간.'

'해도 떨어지고 있구먼… 오늘도 날 샜다. 마누라한테 죽을 일만 남았네.'

사내들의 머릿속에는 이런 생각들이 가득 차 있었다.

멀뚱멀뚱 갈라진 길을 바라보고 있던 산하의 시선이 사내들이 만든 길 뒤편에 모습을 드러낸 사람을 향했다.

"황 아저씨, 참 고집도 어지간하십니다."

바쁜 걸음으로 산하의 앞에 도착한 오십 중반의 중년인은 넙데데한 얼굴에 산적답지 않게 옆으로 푹 퍼진 몸매의 소유자였다.

그는 환하게 미소 지으며 말을 받았다.

"소신선의 고집에야 비하겠습니까!"

그는 다른 사내들과 달리 허리에 차고 있는 거치도의 손잡이를 한번 치며 껄껄 웃고는 산하의 팔뚝을 부여잡았다.

"채주께서 기다리고 계십니다."

산하가 황 아저씨라 불린 사내, 황노삼의 안내를 받아 도착한 곳은 산채의 후면 깊은 곳에 자리 잡은 커다란 목옥이었다.

"채주님, 소신선이 왔습니다!"

황노삼이 산채가 떠나가라 소리를 지르며 목옥 안으로 들어섰다.

산하를 반긴 사람은 호피를 덮어씌운 태사의에 앉아 있던 삼십 후반의 장년인이었다.

반바지만 걸치고 있는 사내는 산하보다 한 자는 키가 더 큰 거인이었다. 거기에 철사처럼 뻣뻣한 머리카락과 수염이 얼굴을 온통 가리고 있었고, 이백 근을 넘을 듯한 몸은 산처럼 부풀어 오른 근육으로 뒤덮여 있었다.

보통 사람은 그의 앞에 서자마자 숨 막히는 압박감에 기절할 것만 같은 위맹한 기세가 전신에서 풀풀 흘러나오는 장년인.

그가 옥화산채의 채주인 장파릉(張波陵)이었다.

자칭 그의 별호는 대산왕(大山王)이다.

자신은 당연히 그렇게 부르고 남들에게도 그렇게 부르도록 강요하지만 면전에서가 아니면 아무도 그렇게 불러주지 않는 슬픈 사연을 간직한 별호였다.

대신 사람들이 뒤에서 부르는 그의 별호는 대산웅(大山熊)이었다.

그는 십여 년 전 옥화산에 들어온 사람으로, 그날 바로 옥화산채주가 되었다.

옥화산의 산적들이 다른 산의 산적들과 다르게 행동하기 시작한 것도 그날부터였다.

장파릉은 손잡이와 날의 길이를 합쳐 여섯 자는 됨 직한 커다란 칼의 날을 땟국물이 줄줄 흐르는 수건으로 벅벅 닦고 있는 중이었다. 그는 산하를 보자마자 대도를 태사의에 던지듯 기대어놓고 벌떡 일어서며 웃음부터 터뜨렸다.

"으하하하하, 산하가 왔구나! 안 그래도 후아주 생각나서라
도 들를 때가 지났는데 오지 않아 궁금했었다."

웃음소리에 목옥이 지진이라도 만난 듯 흔들리며 천장에서
먼지가 쏟아졌다.

덩치에 어울리는 성량이었다.

산하는 뒷머리를 긁적이며 웃었다.

"죄송합니다, 형님. 스승님께서 몸이 편찮으셔서 자리를 비
울 수가 없었어요."

두 사람의 대화를 들으며 황노삼은 슬쩍 문밖으로 나왔다.
그가 낄 자리가 아니었다.

큰 걸음으로 다가와 산하와 어깨동무를 하고 걸음을 옮기던
장파룽이 그 자리에 멈춰 섰다.

두툼한 눈썹과 퉁방울처럼 커다란 눈, 주먹만 한 코와 메기
처럼 커다란 입.

그의 이목구비는 덩치에 어울리게 정말 크고 두터웠다.

그는 무척 놀란 듯 커다란 눈에서 횃불과도 같은 광채를 쏟
아냈다.

"노신선께서?"

눈을 크게 떴던 장파룽은 산하의 차림새를 보고 안색이 살
짝·변했다.

비록 지금은 작은 산채에 적을 두고 있지만 그는 도산검림(刀
山劒林)이라 불리는 강호의 바람을 수십 년 동안 맞으며 살아온

사내다.

곽장수와 달리 그는 산하의 행색을 보고 속사정을 대번에 짐작한 듯했다. 그는 산하의 어깨를 부여잡은 손에 힘을 주기만 할 뿐 잠시 입을 열지 않았다.

고개를 휘휘 저어 눈가에 드리워진 그늘을 지워 버린 그가 말했다.

"노신선, 편안하셨냐?"

"다 털고 가셨습니다."

무슨 말이 더 필요할까.

장파룽은 고개를 주억거렸다.

"어련하셨겠냐마는…넌, 떠나려는 거냐?"

"예."

"돌아는 올 거고?"

장파룽의 음성이 조금 가라앉은 것을 느낀 산하는 오히려 더 밝게 웃었다.

"당연하죠."

장파룽의 얼굴도 환해졌다.

"그럼, 그럼. 그래야지. 네가 돌아오지 않는다면 나는 단 한 명밖에 없는 술벗을 잃을 게 아니냐. 그리되면 내 명이 백 년은 단축될 거다. 으하하하하!"

"그 말씀, 장수 형님이 들으면 서운해하실 겁니다. 흐흐흐."

장파룽이 못마땅한 듯 혀를 찼다.

"장수? 쩝, 그놈이 어떻게 내 술벗이 되냐? 나만 보면 도끼

30

나 휘두르려고 눈이 벌게지는 놈인데. 게다가 그놈은 너보다 주량도 약하다."

"장수 형님이 도끼 휘두르면서 달려드는 거 제일 좋아하는 분이 형님이시잖습니까."

"그거야 여기가 하도 심심해서 그런 거지. 내가 두 살이나 위인데 그 장유… 뭐더라……. 하여튼 그게 개구리처럼 물구나무를 선 놈이 뭐가 좋겠냐."

산하가 눈을 둥그렇게 떴다.

"개구리도 물구나무를 서요?"

"말이 그렇다는 거지, 인마."

눈을 한 번 부라린 장파룽이 물었다.

"며칠 안 머무르고 그냥 갈 거냐?"

"길이 멉니다."

"곧 날이 저물 텐데?"

"옥화산이잖아요."

산하에게 옥화산은 뒷동산이나 다름없다. 밤이라고 그에게 덤빌 큰 맹수들도 없었고.

"똥고집하고는. 서운타."

산하가 배를 두드렸다.

둥둥둥!

북치는 소리가 났다.

"돌아와서 허리띠 풀고 마시면 되죠, 뭐."

"하긴, 세월이 좀먹는 것도 아니고. 흐흐흐."

입술 사이로 웃음을 흘린 장파릉이 물었다.

"노신선께서 잠드신 곳은 장수가 돌본다냐?"

"예."

장파릉이 고개를 주억거렸다.

"그럼 신경 쓰지 않아도 되겠구나. 그놈이 노신선께 받은 은혜가 적지 않으니 잘 돌볼 거다. 노잣돈 좀 챙겨주랴?"

"모자라지 않게 챙겨왔습니다."

"알았다. 뭐 필요한 건 없고?"

"예."

뭔가 해주고 싶은데 필요없다고 말하는 산하의 대답이 섭섭한 듯 장파릉은 입맛을 다셨다.

그러다가 생각난 듯 반바지의 오른쪽 허리춤을 뒤적여 폭이 두 치 반 정도 되는 작은 철패 하나를 꺼냈다.

검은색과 푸른색이 뒤섞인 철패는 그리 귀해 보이지 않는 물건이었다. 색이 그랬고 표면에 음각된 하오지우(河汚之友)라는 글자도 괴발개발이라는 말이 어울릴 만큼 조악한 솜씨였다.

"받아라."

"뭡니까?"

"쩝, 하오문의 성질 더러운 노인이 준 물건인데… 도움이 필요하면 아무 객잔에서나 탁자 위에 올려놓으면 사람이 나타날 거다. 별건 아니다만 급할 때는 소용이 있을 수도 있으니까."

하오문이라면 산하도 들은 적이 있는 문파다. 무력은 보잘것없지만 특정한 분야에서는 누구도 무시하기 어려운 성취를 이룬 문파라고 하던가.

어쨌든 남한테 도움을 청할 일이 있을 것 같지도 않았지만 성의를 거절하기는 어렵다.

산하는 철패를 받아 허리춤에 쑥 집어넣었다.

"감사합니다, 형님."

"감사까지야. 흐흐흐."

장파룽의 웃음 꼬리가 조금 어색했다.

산하는 목례를 했다.

"다녀오겠습니다, 형님."

"최대한 빨리 돌아와라. 허리띠 풀고 기다리마."

"예."

산하는 어깨를 두드리는 장파룽에게 씨익 한번 웃어준 후 큰 걸음으로 목옥을 떠났다.

산이 움직이는 듯 육중하면서도 바람처럼 표홀하며 해일처럼 거침없는 걸음걸이였다.

산하의 등에 꽂힌 장파룽의 눈가에 자랑스러움과 근심이 묘하게 교차했다.

'옥화삼거악(玉化三巨岳)의 막내가 떠나는구나.'

장파룽이 중얼거린 옥화삼거악은 옥화산중에 사는 사람들이 붙인 별명으로, 세 사람을 지칭하는 말이었다.

그와 나무꾼 곽장수, 그리고 강산하.

셋 중의 막내가 강산하였다.

엉뚱한 생각에 혀를 차던 장파룽의 눈빛이 깊어졌다. 산하의 넓은 등이 그의 시야에서 막 사라지고 있었다.

'용행호보(龍行虎步)……. 저놈은 자신의 능력을 몰라도 너무 몰라. 관심도 없는 것 같고. 하지만… 쯥, 강호를 돌아다니면 자신의 의사와 상관없이 풍파에 휩쓸리기 쉬운데……. 산하야, 제발 그런 일에 휩쓸리지 마라. 너만 한 술벗 만나기가 쉽지 않단 말이다. 쯥.'

아쉬움에 혀를 차던 그의 생각이 조금 더 이어졌다.

'강호야, 저 괴물 건드리지 마라. 잘못하면 훤한 대낮에 날벼락 맞는다.'

산채의 정문을 향하던 산하는 황노삼과 이백여 사내가 아직도 양옆에 도열한 채 그를 기다리고 있는 것을 볼 수 있었다.

"안 들어가셨어요?"

황노삼이 말을 받았다.

"떠나신다는 말씀을 언뜻 들었습니다. 모두 소신선을 당분간 볼 수 없다는 걸 알고 배웅하러 나온 겁니다."

그가 사내들을 돌아보며 말하자 사내들이 세차게 고개를 아래위로 끄덕였다. 그들 중에는 눈물을 글썽이는 사람도 적지 않았다.

십여 년 동안 살을 부대끼며(?) 살았던 사내들의 슬픈 기색을 본 산하는 가슴이 울렁거렸다. 감동을 받은 것이다.

황노삼과 함께 정문을 향해 걸으며 산하가 말했다.

"길어야 삼 년 정도일 텐데요, 뭐."

말을 하던 산하는 이상한 느낌에 고개를 돌렸다.

걸어가는 동안 그의 뒤편으로 밀려난 사내들이 양손을 하늘에 번쩍 쳐들고 있었다. 마치 만세라도 부르려는 듯이.

산하의 눈과 사내들의 눈이 부딪치자 사내들은 양손을 든 채로 지면에 엎드렸다.

절을 하는 것이다.

산하는 그들이 원래 절을 하려고 했나 보다고 생각했다.

"소신선께서 무사히 다녀오시기를 기원합니다!"

옥화산이 떠나갈 듯 우렁찬 목소리.

산하는 또 감동을 받으며 옆으로 비켜섰다. 그의 나이보다 적게는 십 년 연상인 사내들이었다. 그런 사내들의 절을 어떻게 받을 수 있으랴.

절을 피한 산하가 다시 앞을 보았을 때다.

양쪽으로 갈라진 무리 중 왼편에서 몸이 날렵하게 생긴 삼십대 초반의 사내가 뛰쳐나와 산하에게 절을 했다.

"소신선, 소신선을 빨리 뵙는 날을 학수고대하며 기다리고 있겠습니다."

당황한 산하가 사내를 일으켜 세웠다.

"고맙습니다. 최대한 빨리 돌아오도록 노력하겠습니다."

정문에 도착한 산하는 황노삼과 사내들을 향해 꾸벅 인사를 하고 등을 돌렸다.

이제 정말 떠나야 할 시간이었다.

그의 신형이 오솔길 너머로 사라진 순간, 이백여 쌍의 성난 눈초리가 방금 전 산하에게 기다린다는 말을 남긴 사내를 향했다.

"초가야, 뭐라고? 빨리 뵙는 날을 학수고대하며 기다려?"

"너 미쳤냐?"

"저 괴물을 또 보고 싶다고?"

"죽을래?"

"명년 오늘이 네 제삿날이다."

"우리 몫까지 네가 저 괴물 계속 봐라. 웅!"

온갖 해괴한 말이 난무하는가 싶더니 그 뒤를 매타작하는 소리와 돼지 먹따는 비명 소리가 이었다.

퍼퍼퍼퍼퍼퍽!

"으아아아아아아아아아! 그게… 아니라고. 난… 그저… 분위기… 좀… 띄워… 보려고……. 으아아아아아아악!"

"분위기를 띄워? 그랬다가 저 괴물이 안 가겠다고 하면? 네가 책임질래? 이 자식, 죽도록 맞아야 정신 차리겠다! 죽도록 때리자!"

"끄어어어어어어억!"

멀리서 들리는 처절한 비명 소리(?)에 뒤를 돌아본 산하는 고개를 갸웃했다.

산하는 휘적거리는 큰 걸음으로 옥화산을 내려가기 시작했다.

第二章

대륙은 넓다.

얼마나 넓은지 대엿새를 걸어도 사람 한 명 만날 수 없는 지역이 비일비재하다.

옥화산을 내려온 산하도 나흘 동안 사람 한 명 만나지 못했다.

그가 내려온 옥화산 서북쪽 산자락은 사람이 다니지 않는 길이었고, 이어진 평원도 사람의 왕래가 드문 곳이었다.

성도인 남창으로 가는 북쪽 길을 탔다면 반대의 모습을 보게 되었을 테지만 그가 택한 길은 서북쪽이다.

산하가 그 방향을 선택한 이유는 단순했다. 떠나오기 전 지도를 보며 옥화산과 감숙성까지 그은 직선의 화살표 끝이 서

북쪽을 향하고 있었던 것이다.

서북방은 황량한 지역이라 인가도 없었고, 당연히 숙식을 해결할 수 있는 객잔도 없었다.

하지만 산하는 태평했다.

사실 그가 가진 객잔에 대한 기억은 십여 년 전 사부의 손을 잡고 옥화산으로 들어올 때 몇 번 들렀던 것뿐이다. 그래서 그는 객잔을 찾을 생각을 하지 않았다. 떠나올 때 계획에도 없었고.

십여 년 만에 부모님이 계시는 집을 찾아가는 길이다. 그러나 그는 서두르지 않았다.

한결같은 속도로 걷다가 밤이든 낮이든 졸음이 쏟아지면 아무 데나 누워서 잤고, 배가 고파지면 행낭에 넣어 가지고 온 산과일과 풀뿌리를 꺼내 먹었다.

개천을 만나면 홀딱 벗고 들어가 한 시진은 놀다가 나와 다시 길을 떠났다.

낮은 더웠고, 밤은 따뜻했다.

노숙하기에 제격인 날씨였다.

옥화산에 사는 사람들이 막 굴러먹기 딱 좋은 체질이라고 경탄했던 그의 체질과 성격이다. 그것이 제대로 빛을 발하는 환경을 만난 것이다.

나흘 동안 아직 한 명의 사람도 만나지 못했지만 그렇다고 딱히 아쉬울 것도 무서울 것도 없었다.

그보다 더 적막한 산속 생활을 십 년이 넘도록 해온 사람이 산하였으니까.

산하는 팔베개를 하고 드러누웠다.

끝도 없이 펼쳐진 대평원의 한복판이다.

사방에 보이는 것은 두어 자 높이로 자란 무성한 잡풀들.

그의 장대한 몸에 깔린 잡풀들이 아우성을 치며 허리를 굽히는 소리와 풀벌레 소리뿐 평원은 적막했다.

산하는 하늘을 보았다.

눈에 들어온 구름 한 점 없는 밤하늘에는 둥근 달이 휘영청 밝았고, 쏟아질 듯 빛나는 별이 가득 차 있었다.

옥화산에 들어가고 나서 얼마 안 되었던 어린 시절 그가 '엄마 젖가슴 별'이라고 이름 붙였던 다섯 개의 별이 은은한 빛을 발하고 있는 것이 보였다.

'아버지······.'

언제나 안타까움이 어려 있던 선한 눈매가 떠올랐다. 그 뒤를 이어 그의 머리를 쓰다듬던 커다란 손가락의 온기와 입가에 드리워져 있던 쓸쓸한 미소가 생각났다.

'아버지······.'

산하는 벌떡 일어나 앉았다.

그는 팔짱을 끼며 상체를 잔뜩 웅크렸다.

추억이 가슴을 파고드는 것을 막으려는 듯이.

산에 들어간 후로 몇 년간은 매일 생각났었던 얼굴. 하지만 칠 년쯤인가 전부터는 아예 어떻게 생겼는지조차 가물가물해졌던 얼굴이다.

산하는 뒷머리를 긁적였다.

원망은 없었다.

아버지는 좋은 분이었으니까.

단지 조금 심약한 분이었고, 그래서 괴롭고 힘들었을 뿐이다.

어렸을 때는 지금과 많이 달랐다.

그는 아버지를 무척이나 원망했었다. 이해할 수도 이해하고 싶지도 않았던 날들.

하지만 세월은 흘렀고, 그는 자랐다.

아버지를 생각하면 언제나 함께 생각나는 얼굴이 그의 뇌리에 떠올랐다.

하지만 그 얼굴은 나타나자마자 사라졌다.

평원에 변화가 생겼던 것이다.

산하의 큰 눈이 껌벅였다.

'무슨 소리지?'

그의 고개가 우측으로 돌아갔다.

잠시 동안 사사삭 하는 소리가 그의 귓가를 천둥처럼 진동시키는가 싶더니 잔뜩 죽인 긴 호흡이 뒤를 이었다. 그리고 한순간 이어지던 호흡이 끊어진 느낌이 왔다.

'사람이군. 오십 장… 사십 장… 삼십 장……. 뭐 하는 거지? 숨은 왜 멈춰?'

라고 산하가 생각한 순간,

쐐애액!

격하게 공간을 가르는 파공음이 들렸다.

그리고,

쾅!

쇠와 쇠가 부딪칠 때나 날 법한 굉음이 울려 퍼졌다.

"야호! 명중이닷! 내가 멧돼지를 잡았다!"

환호작약하는 소리와 힘찬 달음박질 소리가 평원의 고요를 단숨에 깨뜨렸다.

삼십 장을 단숨에 뛰어온 인영은 멀뚱히 자신을 바라보는 커다란 두 눈과 마주쳐야 했다. 심장이 내려앉을 정도로 놀란 그는 석상처럼 그 자리에 멈춰 섰다.

"뭐… 뭐… 뭐야? 멧돼지는 어디로 가고……?"

눈살을 살짝 찌푸리고 미간을 문지르던 산하가 말했다.

"아픈데……. 이거 네 거냐?"

일장 앞에 선 채 말문을 열지 못하는 상대를 향해 불쑥 내민 그의 손에는 철벽에 부딪친 것처럼 촉이 납작하게 찌그러진 화살 한 대가 들려 있었다.

인영, 등에 전통을 메고 손에는 꽤 고급스런 활을 들고 있는 열일고여덟가량 되어 보이는 소년의 안색이 새파랗게 질렸다.

"……."

그는 입을 떡 벌린 채 말할 생각도 못하고 산하와 화살촉을 번갈아 쳐다보기만 했다.

먼 길을 온 듯 먼지로 인해 본모습이 많이 가려지긴 했지만 어디 가도 미소년 소리를 들을 만큼 잘생긴 얼굴이 정말 멍청

43

하게 보일 정도로 넋이 나간 표정이었다.

그럴 수밖에 없는 것이, 그는 상황이 전혀 이해가 되지 않았던 것이다.

그의 앞에 허리를 펴고 앉은 사내는 앉은키가 그의 가슴에 닿을 정도로 엄청난 거구였다.

사냥감을 찾아다니던 그는 웅크리고 있는 산하를 멧돼지로 오인한 것이다.

달빛이 밝긴 해도 밤이었고, 그의 무공 성취가 그리 높지 않은데다 난데없는 멧돼지라 생각되는 거체의 등장에 심장이 벌렁거릴 정도로 흥분한 그인지라 오인할 수도 있는 일이었다.

하지만 그 뒤에 벌어진 일은 제정신 가진 사람이라면 받아들이는 것이 불가능한 영역이었다.

그가 사용한 화살의 촉은 백 번 이상 담금질한 강철이었고, 취미긴 해도 그는 궁술을 수련한 지 십 년도 넘은 숙련된 궁수였다.

단단한 돌을 향해 쏴도 두 푼 이상 박히는 것이 그의 화살이다.

화살은 거구의 사내 미간에 맞은 듯했다. 그러나 언뜻 보아도 사내의 미간은 멀쩡했다.

조금 불그스름한 것도 같았지만 어둠 속이라 화살에 맞은 흔적이라고 확신하기는 어려웠다.

거기에 사내는 그저 아프다는 심드렁한 한마디뿐이다.

이걸 어떻게 정상적인 사람의 상식으로 받아들일 수 있을 것인가.

다행히 사내의 말투에는 분노가 섞여 있지 않았다.

소년이 물었다.

"화살… 맞았어요?"

두려움이 깃든 음성.

거구에 헝클어진 머리로 생김새를 알아보기 어려운 모습이라 그는 눈앞의 사내가 적어도 서른은 넘었다고 생각했다.

게다가 만약 그의 추측대로라면 상대는 희대의 외문무공을 익힌 세상에 보기 드문 고수였다.

그런 고수를 향해 그는 화살을 쏘았다. 그의 생사가 저 저구의 사내 손에 달린 것이다.

'금종조… 그걸 익힌 사람은 눈에 금광이 흐른다고 했는데… 없고, 철포삼… 그건 살빛이 검푸르게 변한다고 했었지. 구릿빛이잖아. 십삼태보횡련… 은 대머리가 된다고. 머리카락 많네. 아무튼… 외공이 절세적인 경지에 이른 고수야. 형, 어쩌면 오늘 나 죽을지도 몰라. 어흐흑! 형 때문이야.'

소년의 이마에서 순식간에 솟아난 식은땀이 이마의 먼지와 함께 흘러내렸고, 손발은 중풍 걸린 사람마냥 부들부들 떨렸다.

"그래."

산하는 선선히 대답했다.

피하려고 했으면 어려운 일도 아니었다. 하지만 습관은 무서워서 산하는 피하지 않고 맞았다. 무언가를 피한다는 건 산하에겐 딴 세상 얘기처럼 관련이 없는 것이었다.

산하의 말에 담긴 여운이 의외로 순해서 소년은 거구의 사내가 자신의 생각보다 나이가 어릴지도 모른다는 생각이 들었다. 마음도 착하고.

물론 후자는 그의 간절한 바람이었지만.

"정말이요?"

소년의 어투에 깃들었던 두려움이 많이 가셨다. 손발의 떨림도 잦아들었다.

"응."

별로 짜증난 기색도 없는 대답이었다.

소년은 산하의 눈치를 슬금슬금 살피며 그의 손에 들려 있는 화살을 잡아갔다.

산하는 막지 않았다.

화살을 손에 쥔 소년은 연거푸 침을 꿀꺽꿀꺽 삼켰다.

화살촉의 모습은 그야말로 무참했다. 마치 철벽을 들이받기라도 한 것처럼.

소년은 후다닥 고개를 숙이며 말했다.

"죄… 죄… 송해요. 사람인 줄 몰랐어요."

면전에 두고 사람 모양이 아니라고 하다니. 어지간히 마음 넓은 사람도 역정을 낼 말이었다.

하지만 산하의 표정은 변화가 없었다. 한두 번 겪은 일이 아니니까.

소년은 입이 바짝 말랐다.

힐끔 본 산하의 모습은 여전히 사람 같지가 않다.

'멧돼지로 오인할 만도 하잖아.'

산하는 뒷머리를 긁적이며 자리에서 일어났다.

"멧돼지로 오인받기는 처음인데……. 곰으로 오인받은 적은 여러 번 있었지만……."

소년은 입을 딱 벌렸다.

마치 철탑 하나가 굼실거리며 일어나는 듯했다.

일어난 산하는 정말 컸다.

소년의 키는 다섯 자 일곱 치다. 크다고는 할 수 없지만 작다고 할 수도 없는 키.

그런 그의 머리끝이 고작 산하의 가슴에 닿을 뿐이었다.

게다가 헐렁한 마의 겉으로 드러난 산하의 팔뚝과 다리는 강철 같은 구릿빛 근육으로 덮여 있지 않은가.

'꿀꺽, 크다. 곰으로 오인받아도 할 말 없었겠네.'

산하는 바닥에 놓인 행낭을 들어 등에 멨다.

그리고 성큼성큼 걸었다.

소년은 멍해졌다.

산하가 그냥 가버릴 거라고는 생각지 못했기 때문이다. 이 또한 상식 밖이다.

화살에 맞은 뒤에 아무런 책임도 추궁하지 않고 그냥 가다니.

통상의 경우처럼 당장 목을 날리겠다고 달려들지는 않는다 하더라도 보상 정도는 요구해야 정상이 아닌가.

잠깐 생각하는 동안 산하와 소년의 거리는 십 장 이상으로 벌어졌다. 경공을 펼치지는 않지만 산하의 보폭은 긴 다리만큼이나 넓었다.

멍하니 산하의 넓은 등을 보던 소년의 눈이 별처럼 반짝였다.

소년은 달음박질하며 산하를 불렀다.

"저… 저기요!'

끝이 보이지 않는 평원.

하늘에는 별.

지상에는 모닥불.

눈을 껌벅이며 불길 너머 맞은편에 무릎을 꿇고 앉아 있는 소년을 보던 산하는 헝클어진 뒷머리를 긁적였다.

"그러니까, 네 둘째 형을 찾는 걸 도와달라는 거냐?"

"예, 형님."

산하의 눈치를 보며 고개를 숙이고 있던 소년이 고개를 재빨리 주억거리며 넉살좋게 대답했다.

그는 산하의 이마에 화살을 쏜 소년이었다.

그의 이름은 화태건, 복건성의 성도인 복주에 자리 잡은 화씨 집안의 셋째 아들이라고 했다.

산하는 눈을 껌벅이며 침묵했다.

산하를 쫓아온 화태건은 억지로 그의 옷자락을 붙잡고 형을 구해달라고 통사정을 했다.

뿌리치고 떠나는 것이야 어려울 게 없는 일이었지만 산하는 화태건의 이야기를 들어주었다.

외견상 도가 지나칠 정도로 가볍고 활달하게 보이는 화태건의 말투에서 생김새와 다른 절박함이 느껴졌기 때문이다.

화태건과 그의 둘째 형인 화태관은 두 달 전 집안의 불화로 가출했다고 한다.

집을 나온 그들은 이곳저곳을 돌아다니다가 강서성 고안현(高安縣) 부근의 평원에 도착했고, 화태건이 형의 심부름으로 마을에 다녀온 사이 형이 실종되었다고 했다.

그것이 십여 일 전.

화태건은 형을 찾기 위해 고안현 주변을 이 잡듯이 뒤지다가 준비한 건량이 다 떨어져 사냥을 하게 되었고, 산하와 만난 것이다.

그들은 이미 통성명을 한 상태였다.

화태건은 산하보다 두 살이 어린 열일곱 살이라고 한다.

통성명을 한 후부터 화태건은 산하를 아주 살갑게 대했다. 태어나기를 붙임성이 좋게 태어난 듯했다.

산하하고는 반대다. 그래서 더 편했다.

공대를 받는 건 옥화산의 산적들로 족했다.

산하가 말했다.

"난 사람을 찾아본 적이 없어서 별 도움이 되지 않을 건데……."

"찾는 건 제가 할 수 있습니다, 형님. 벌써 단서도 발견한 상

49

태라 불가능하지 않거든요."

화태건은 잠시 머뭇거렸다.

쉴 새 없이 산하를 힐끔거리는 것이 뭔가 말하기 어려운 부분이 있는 듯했다.

조금 전까지 보였던 절박한 모습과는 많이 달라진 모습.

하지만 산하는 재촉하지 않고 묵묵히 화태건의 다음 말을 기다렸다.

기다린다는 것에 그만큼 익숙한 사람도 천하에 드물 것이다.

일다향 정도 망설이던 화태건이 말문을 열었다.

"둘째 형이 실종된 곳은 형님이 지나온 쪽으로 삼십여 리 내려가면 나오는 야산입니다. 그곳에서 저를 기다리고 있겠다고 했는데, 제가 심부름 다녀왔을 때 형은 없고 누군가와 싸운 흔적만 남아 있었어요. 흔적으로 봐서 적은 여러 명인 듯하고요. 형은 꽤 심하게 저항한 것 같습니다. 다행히 그 흔적 중에 형을 납치한 자들을 추적할 수 있는 단서가 남아 있었고요. 그 흔적을 추적하던 중에 형님을 만난 겁니다."

"형이 무공을 익혔냐?"

"예."

화태건이 고개를 끄덕이며 말을 이었다.

"그리 대단한… 가문은 아니어도 우리 집은 무가(武家)입니다. 형이 익힌 것은 가전무공이에요. 엉뚱한 곳에 관심이 더 많아서 성취는 그리 높지 않지만요. 일류 소리를 들을 정도는 못 되어도 이류에서도 최고 수준 정도는 됩니다."

산하는 고개를 갸웃하며 팔짱을 꼈다.

일류니 이류니 하는 화태건의 말이 무슨 소리인지 알아들을 수가 없었다.

그는 무공 수준의 분류에 대해 아무에게도 배운 적이 없는 것이다.

"추적을 네가 하겠다면 나는 무공으로 널 도와달라는 거야?"

짝!

"맞습니다."

환한 표정으로 박수를 친 화태건이 말을 이었다.

"제 무공은 둘째 형보다 낫지만 크게 차이가 날 만큼은 아닙니다. 도토리 키 재기 수준이죠. 형이 당했다면 저도 그자들을 이길 수 없습니다. 하지만 형님이 도와주면 저는 형을 충분히 구할 수 있습니다."

산하는 화태건의 눈을 들여다보았다. 기가 조금 떠 있지만 맑은 정기가 감도는 눈이었다.

기가 떠 있다는 건 성격이 활달한 것을 말하고 정기는 심지가 삿되지 않음을 말해준다.

'만들어낸 얘기는 아닌 것 같고… 도와주어도 될 것 같은데…….'

산하는 남의 부탁을 잘 거절하지 못했다.

덩치를 보면 쉬이 상상이 가지 않지만 그는 부지런했다. 그

런 성격 덕분에 시간이 날 때마다 옥화산 산중 마을의 궂은일
은 도맡아 하다시피 했던 그다.

그가 말했다.

"돕고는 싶은데 내가 무공을 익힌 자들을 상대할 수 있을까?"

산하는 조금 자신없는 표정으로 뒷머리를 긁적였다.

그는 스승에게 무공을 배웠다.

하지만 비무 외에 실전을 치러본 적이 한 번도 없었고, 스승
을 비롯해서 그의 주변에 있는 사람 중에 그의 무공이 어느 정
도 수준이라고 말해준 사람도 없었다.

물어보면 말해줄 사람들이 없는 건 아니지만 그는 아무에게
도 묻지 않았다.

그가 무공을 배운 목적, 그리고 스승이 그에게 무공을 가르
친 목적은 남과 다투어 이기기 위해서가 아니라 다른 사정이
있어서였다.

당연히 그는 다른 사람과 무공을 비교하는 것에 관심을 가
진 적이 없었다.

언젠가 돌아가신 스승님이 그를 향해 자기 한 몸 건사할 정도
는 되었으니 이제는 조금 마음이 놓이는구나 하고 중얼거리셨
던 말씀이 그가 자신의 무공에 대해 들었던 유일한 평가이다.

상황이 그러하니 그는 자신의 무공이 과연 세상에서 통용될
수 있을지 자신하지 못했다.

그리고 무엇보다도 그는 싸움을 좋아하지 않았다.

싸우면 상대를 때려야 한다.

산하는 자신의 주먹을 물끄러미 내려다보았다.

조금 과장을 보태서 모닥불 건너에서 눈을 반짝이며 자신을 쳐다보고 있는 화태건의 머리통만 한 주먹이다.

균형이 잘 잡혀 있고 손가락이 길어서 보기 좋기는 하지만 크기는 보통 어른의 세 배 정도 된다.

그의 뇌리에 며칠 전 수련하던 도중 그 주먹으로 가볍게 후려쳤던 돌멩이의 모습이 떠올랐다.

그가 돌멩이라고 떠올린 것의 크기는 높이 일 장, 폭 일 장가량, 무게는 만근을 넘는 청석이었다.

청석은 단단하기가 강철에 비견될 정도라는 돌.

게다가 그 크기는 산하에게나 돌멩이지 다른 사람들은 바위라 부를 만한 것이었다.

'그날 돌멩이가……'

청석의 가련한 최후를 생각한 그는 고개를 휘휘 저었다.

사람을 때리는 것은 아무리 생각해도 해서는 안 되는 일이었다.

그가 말했다.

"그런데… 싸우게 되면 무공을 쓸 것이고, 무공을 쓰면 사람을 때리게 되겠지?"

화태건이 눈을 동그랗게 떴다.

"당연하죠."

"때리는 건 자신없는데……."

화태건은 어리둥절해하다가 내심 고개를 끄덕였다.

'무기를 들고 있지 않으니 형님이 익힌 건 무기술이 아니라 권장 계통의 무공인 것 같은데… 외문기공에 주력하느라 박투 관련 무공은 아직 성취가 높지 않으신가 보구나.'

호의에 가득 찬 해석.

화태건은 산하가 무척 마음에 든 후였다.

가끔 불어오는 바람에 드러나는 산하의 남성의 표본 같은 굵직굵직한 이목구비와 그와 상반된 어린아이처럼 맑은 눈, 그리고 세상물정을 잘 모르는 듯한 솔직하고 조금은 어눌한 어투까지 마음에 들지 않는 것이 없었다.

그의 주변에 산하와 같은 사람은 드물었다. 아니, 거의 없다고 해야 옳았다.

백이면 백 명 모두 권모술수에 능했고, 배신과 협잡을 일상적으로 벌이는 사람들뿐이었다.

그가 물었다.

"음… 그럼 형님은 싸울 때 어떤 식으로 싸우세요?"

"싸운 적 없어."

"진짜요?"

"응."

무공을 익혔으면서도 싸운 적이 없다면 강호 초출이다.

화태건은 새삼스러운 눈으로 산하를 보았다.

외모만 보면 강호의 칼바람을 십 년은 맞으며 돌아다닌 낭인의 행색이 아닌가.

그가 재차 물었다.

"비무는 해보셨죠?"

"그건 해봤지."

화태건이 호기심 어린 어조로 물었다.

"비무는 어떤 식으로 하셨는데요?"

"맞아."

덤덤한 어투.

"예?"

무슨 소린지 알아듣지 못한 화태건은 어리둥절한 얼굴이 되었다.

"그냥 맞아."

"잘 이해가……?"

"때리다가 상대가 지쳐서 쓰러져. 그럼 비무가 끝나."

"……."

화태건의 입이 딱 벌어졌다.

"정, 정말이요?"

산하가 눈을 껌벅였다.

"응."

거짓말을 할 이유가 없었다.

"상대가 무기를 들고 한 비무도 있었을 텐데요?"

"있었지."

"그럴 경우는요?"

"그때도 맞아."

"……."

화태건은 침을 삼켰다.

그는 무림세가에서 자랐음에도 그런 비무가 있다는 얘기는 머리털 나고 처음 들었다.

하지만 가능할 것도 같았다.

그의 눈이 산하의 미간을 향했다.

아무리 눈에 힘을 주어도 화살을 맞은 흔적 따위는 찾을 수가 없었다.

산하는 이마에 내공을 실은 철시(鐵矢)를 맞고도 상처 하나 나지 않는, 가공하다는 말로도 부족한 외문기공의 소유자였다.

저 몸에 상처를 내려면 웬만한 신병이기로는 어림도 없을 것이다.

혀를 내밀어 마른 입술을 축인 그가 물었다.

"무기를 든 상대도… 지쳐서 쓰러졌습니까?"

"응."

화태건은 저절로 빠지려는 턱관절을 양손으로 부여잡은 후에야 간신히 고정시킬 수 있었다.

그는 눈앞의 가공할 외문기공을 익힌 강호 초출의 고수(?)를 바라보며 심각한 고민의 수렁으로 잠겨들었다.

자시(子時)초(밤 11시경).

고안현으로부터 십여 리 떨어진 관제묘.

고안현을 내려다보는 이름 모를 산의 자락에 세워진 관제묘는 인적이 끊어진 지 오래된 듯 곳곳이 허물어져 있었고, 잡목과 풀이 무성해서 금방이라도 귀신이 튀어나올 것 같은 분위기였다.

관제묘로부터 육십여 장가량 떨어진 숲 속에서 잔뜩 소리를 죽인 음성이 흘러나왔다.

"형님, 바닥에 납작 엎드리세요. 형님은 어깨가 넓어서 앉아 있으면 들킨다고요."

나무 뒤에 박쥐처럼 바짝 붙은 채 관제묘의 동정을 살피며 말을 하는 사람은 화태건이었다.

화태건의 강요(?) 때문에 백여 장 밖에서부터는 거의 기다시피 하면서 이곳까지 온 산하였다.

막 상체를 일으키려던 그는 일어서는 대신 화태건의 발 옆에 팔베개를 하고 벌렁 누워버렸다.

힐끗 산하를 일별한 화태건은 내심 한숨을 내쉬었다.

두 사람이 만난 후 이틀 내내 단서를 좇아 도달한 곳이 여기다.

몇 명의 적이 있을지, 적의 무공이 어느 정도인지 제대로 아는 것은 아무것도 없는 상황.

그런데도 산하는 태평하기만 했다.

눈빛, 몸짓 어느 곳에서도 위기의식이나 경계심이 엿보이지 않는 것이다.

'경험이 없으셔서 그런 건지… 외공을 믿고 그러신 건지 알 수가 없네.'

관제묘와 산하를 번갈아보며 속으로 중얼거리던 화태건의

눈이 빛났다.

멀리 관제묘로 이어진 길의 끝에 달그락거리는 소리와 함께 마차가 나타난 것이다.

두 필의 준마가 끄는 마차는 사방이 막힌 구조였고, 마부석에는 흑의를 입고 죽립을 깊게 눌러쓴 인영 둘이 앉아 있었다.

'여자들이네.'

그랬다.

좁은 어깨, 잘록한 허리, 죽립 밑으로 풍성하게 흘러내린 긴 머리카락.

두 사람은 죽립을 깊이 눌러쓰고 있어 생김새를 알아볼 수는 없었지만 분명 여자들이었다.

죽립여인들은 길이 익숙한 듯 망설임없이 관제묘를 향해 마차를 몰았고, 마당에 도착하자 마차에서 내려 안으로 사라졌다.

'남아 있는 흔적으로 볼 때 형을 납치한 놈들은 세 명에서 네 명이었어. 그자들의 흔적은 저 관제묘로 이어졌고. 하지만 그들은 남자들이었는데… 왜 여자들이 나타난 거지?'

화태건이 골머리를 싸매고 있을 때 누워 있던 산하가 상체를 일으켰다.

"지하야."

나름 작게 말하려고 노력한 듯했다. 그래도 여전히 보통 사람이 평상시에 말하는 정도의 성량.

질색한 화태건이 주저앉으며 손가락을 곧추세워 자기 입술에 댔다.

그러던 그의 태도가 변했다.

산하가 방금 한 말에 생각이 미친 것이다.

안색이 굳어진 그가 물었다.

"지하라니? 무슨 말이에요?"

"사람들이 전부 지하에 있다."

화태건의 시선이 관제묘를 살폈다.

생각도 못할 일이었다.

"지하가 있습니까? 저기에?"

산하는 고개를 끄덕였다.

"계단이 열한 개였다. 일 장 정도 깊이라고 봐야겠지."

꿀꺽.

화태건은 침을 삼켰다.

계단 열한 개, 일 장 깊이.

말이 되는 소리가 아니었다.

그들과 관제묘의 거리는 육십 장이다. 청력이 아무리 좋아도 안에서 화탄 정도가 폭발하지 않는 한 무슨 일이 벌어지는지 들을 수 있는 거리가 아닌 것이다.

그러나 그가 생각하는 동안에도 산하의 말은 이어졌다.

"여자들, 지하로 갔어. 그들 말고도 지하에 사람이 여럿 더 있다."

화태건이 눈을 크게 떴다.

산하는 누워 있지 않았던가.

일어나면 몰라도 누워 있는 상태에서는 산하가 여자들을 눈으로 보는 건 불가능했다. 그의 앞을 나무들이 가리고 있었기 때문이다. 그리고 거리는 또 얼마나 멀었는가.

하지만 지하에서 들리는 소리도 듣는다는 사람이다. 긴가민가해도 나타난 사람들이 지하로 갔다는 말은 그런대로 받아들일 수 있었다. 그렇지만 받아들이기 정말 어려운 건 따로 있었다.

"어떻게 아셨어요?"

"뭘?"

"보지도 않았는데 그들이 여자라는 걸요."

"남자와 여자는 발걸음 소리가 달라. 화장을 해서 냄새도 남자와 많이 다르고."

화태건은 자신도 모르게 물었다.

"형님 코는 개콥니까?"

산하는 어색하게 웃으며 머리를 긁적였다.

"마을에서 그런 소리 가끔 들었다."

질문을 한 후 산하가 화낼지도 모른다는 생각 때문에 몸이 굳어졌던 화태건은 절로 웃음이 나왔다.

"킥킥킥."

산하가 엉덩이를 털며 자리에서 일어났다.

깜짝 놀란 화태건이 바쁘게 사방을 돌아보며 살피자 산하가 말했다.

"밖에 나와 있는 사람은 없다. 안에서 밖을 볼 수 있는 기관이 있다면 들킬 수도 있겠지만."

화태건은 새삼스러운 기분이 들어 철탑처럼 선 채 관제묘를 응시하고 있는 산하를 다시 올려다보았다.

부스스 헝클어진 머리, 굵고 완강해 보이는 턱 선, 준령처럼 솟은 콧날, 한일자로 굳게 다물려 있는 입술, 강철로 빚은 듯한 장대하고 굴강한 체격, 그리고 그 모든 분위기를 한 방에 망가뜨리는 황소처럼 순해 보이는 눈매.

겉모습만 보면 머리가 좋아 보이거나 눈치가 빠르다는 느낌이 전혀 들지 않는다.

하지만 조금 전 산하가 한 말들은 그의 속이 겉과는 다르다는 것을 알 수 있게 했다.

화태건은 산하의 외양을 보고 했던 자신의 판단, 둔하고 조금 어리석으며 그만큼 순수할 거라는, 이 산하의 체격 때문에 생긴 선입견일지도 모른다는 것을 깨달았다.

그의 생각은 실제 산하와는 많이 다를 수 있다는 것을 인정해야 했다.

하지만 그것은 그대로 또 좋았다.

화태건은 빙긋 웃었다.

'어쩌면 형님은 내가 재단할 수 없는 사람일지도 모르겠다. 그냥 마음을 비우고 받아들이는 게 낫겠어. 그래야 놀랄 일이 적을 것 같으니까 말이야.'

"가자."

산하가 성큼 걸음을 옮기는 것을 본 화태건은 화들짝 놀랐다. 산하는 몸을 숨기려 하지도 않았고, 경공을 쓰지도 않았다. 그냥 터벅터벅 걸었다.

"형님, 좀 조심하셔야……."

"지하에 문제가 생긴 것 같다. 아래 있는 사람들은 지금 지상에 신경 쓸 여력이 없을 거야."

화태건의 입이 멍하게 벌어졌다.

"아, 아래쪽에서 벌어지는 일을 아실 수 있습니까?"

"대충은."

재빨리 산하의 옆에 붙어선 화태건이 물었다.

"설명 좀 해주세요."

"원래 있었던 사람은 열대여섯 명 정도야. 그중 다섯 정도는 호흡이 흐트러져 있고 날숨이 길어. 정신을 잃고 있는 듯한데… 봐야 알 일이고. 어쨌든 전부 남자야. 그런데 방금 전 새로 들어간 세 명의 여자하고 원래 있던 사내들 사이에 의견 충돌이 생겼어."

"왜요?"

"돈 문제인 거 같은데. 사내들은 최근 정파에서 조사하는 사람들이 생겨서 위험부담이 늘었다며 돈을 더 달라 하고, 여자들은 애초 약정한 것하고 다르지 않느냐며 화를 내고 있다."

산하는 지하에서 벌어지고 있는 상황을 마치 눈으로 보고 있는 것처럼 얘기했다.

'믿어야 하나, 말아야 하나.'

화태건은 산하가 말한 지하의 상황에 대한 관심보다 오히려 산하를 향해 샘솟듯 솟아오르는 관심 때문에 정신이 몽롱할 지경이었다.

그러다가 화태건은 산하가 얘기한 내용 중에 자신이 본 것과 다른 것이 있다는 것을 깨달았다.

"여자 세 명이요? 둘이었는데요?"

"셋이다. 한 명은 마차 안에 타고 있었다."

"어? 마차에서 내렸으면 제가 보았을 텐데 못 봤어요."

"경공이 뛰어난 여자다."

짤막한 대답.

화태건의 안색이 딱딱해졌다.

거리가 멀긴 했지만 눈을 부릅뜨고 살피던 그다. 그런 그가 기척조차 잡아낼 수 없는 경공을 사용하는 자라면 상당한 고수라고 봐야 했다.

화태건은 산하의 말을 받아들이는 자신의 태도가 변했다는 것을 자각하지 못했다.

어느새 그는 산하가 하는 말을 액면 그대로 받아들이고 있었다. 머리 좋은 사람들 대부분이 그렇듯 남을 잘 믿지 못하던 화태건에게 변화가 일어나고 있었다. 정작 당사자인 그는 의식하지 못하고 있었지만.

'꿀꺽.'

화태건이 침을 삼키는 동안 그들은 관제묘에 도착했다.

第三章

관제묘의 내부는 황폐했다.

군데군데 무너져 밤하늘이 보이는 천장 모서리에는 거미줄
이 쳐져 있었고, 이곳의 상징인 관운장의 상은 허리 위가 부서
진 채 바닥을 굴러다녔다.

산하는 관제상의 앞으로 걸어갔다.

그가 손으로 관제상의 밑을 가리키며 말했다.

"그 여자들, 여기로 들어갔다."

그 말에 화태건은 앞으로 나섰다. 하지만 반 각 정도 관제상
의 이곳저곳을 만져 보고 두드리던 그가 한숨과 함께 고개를
푹 숙였다.

"기관입니다, 형님.

화태건은 관제상의 허벅지에 손을 댄 채로 말했다. 인상을 잔뜩 찌푸린 것이 곤혹스러워하는 기색이었다.

산하가 물었다.

"못 여는 거냐?"

화태건의 얼굴이 붉게 물들었다.

"죄송해요. 기관에 대해 조금 배우긴 했는데 어깨너머로 배운 거나 마찬가지라서 잘 몰라요."

화태건의 말을 들은 산하는 눈을 껌벅였다.

그 눈에 그럴 것을 뭐 하러 요리조리 살펴봤느냐 하는 듯한 기색이 담겨 있는 것처럼 느껴져서 화태건은 고개를 푹 숙였다.

'가만히 있었으면 중간은 갔을걸.'

하지만 그건 화태건이 산하를 몰라서 하는 생각이었다.

산하는 그런 생각을 하지 않았다.

그러려니 했을 뿐.

화태건으로부터 시선을 떼고 잠시 관제상을 바라보던 산하가 화태건의 어깨를 잡아 자신의 뒤로 밀쳐 냈다.

만난 후로 지금까지 산하는 화태건의 몸에 손을 댄 적이 없었다. 그래서 화태건은 산하의 손짓이 무슨 의미를 담고 있는지 순간적으로 이해하지 못했다.

"왜요?"

"뭐, 들어가는 데 꼭 문을 찾아 열어야만 하는 건 아니니까."

덤덤한 어투로 대답한 산하는 오른쪽 어깨에 둘러멨던 행낭을 왼쪽 어깨로 옮기고 한 걸음 앞으로 나섰다.

그의 오른 주먹이 움직였다.

그다지 빠르지도 않고 그저 직선으로 쭉 뻗는 일권이었다.

권법을 배우는 이라면 누구나 익히는 정권.

그러나 그 단순하기까지 한 정권이 보여준 일련의 결과는 낙인처럼 화태건의 가슴에 남았다.

쐐애애액!

격렬한 파공음이 울려 퍼지며 주먹이 나아가는 정면의 공기가 갈기갈기 찢어지고 공간이 일그러졌다.

태산이라도 붕괴시킬 것 같은 기세와 힘이 실린 일권이었다.

가히 일권붕산(一拳崩山).

그 가공할 위세를 본 화태건의 얼굴빛이 해쓱해졌다.

그리고,

쾅!

무언가 폭발하는 굉음과 함께 관제묘의 내부는 자욱한 흙먼지에 휩싸였다.

먼지가 가라앉은 후 관제상이 있던 자리를 본 화태건의 얼굴이 푸르뎅뎅하게 변했다.

말 그대로 시체 빛이다.

관제상은 온데간데없고 그 자리엔 지하를 향해 뻥 뚫린, 가로세로 석 자 크기의 시커먼 구멍이 입을 떡 벌리고 있었다.

'저 주먹이 날 쳤으면……'

화태건의 등 뒤로 식은땀이 시냇물처럼 흘렀다.

관제상은 허리 위가 부서졌지만 그래도 다섯 자는 됨 직한 크기였다. 그리고 돌을 깎아 만든 것이라 무게도 천 근 이상 되어 보였다. 그런 관제상이 흔적도 남기지 못하고 가루가 된 것이다.

평원에서 만약 산하가 화를 냈다면 자신이 어떤 신세가 되었을지 쉽게 상상이 된 화태건은 가슴을 쓸어내렸다.

'배 터진 붕어 꼴이……. 어쩌면 한 줌 핏덩이로……'

그는 비무를 할 때 맞기만 했다던 산하의 말에 담긴 의미를 순간적으로 깨달았다.

'형님은 박투 무공에 능하지 못해서가 아니라… 어쩌면 너무 강해서 손을 쓰지 않고 맞기만 했던 것일지도 모르겠구나.'

충분히 상상이 갔다.

저 주먹이 무작위로 휘둘러진다면 비무는 비무가 아니라 일대 혈사(血事)가 되었으리라.

그는 자신의 추측이 마음에 들어 고개를 주억거렸다.

확신에 가까운 끄덕임이었다.

화태건은 관제상을 부순 산하가 몇 걸음 뒤로 물러나며 팔짱을 끼는 것을 보고 그 옆에 가서 섰다.

지하에서 요란하게 옷자락 스치는 소리가 들려오고 있었다.

이 정도 굉음이 났는데 귀가 먼 자가 아니라면 반응이 있을 수밖에 없었다.

휙휙.

바람 소리와 함께 구멍에서 사람이 줄지어 튀어나왔다.

새우처럼 가늘고 길게 찢어진 눈에서 독기가 풀풀 흐르는 사십대의 중년인.

그의 뒤를 이어 둘둘 엮여 있는 굴비처럼 구멍은 사람을 계속해서 토해냈다.

능히 직업을 짐작할 수 있게 하는 시커먼 흑의와 흑피화를 신고 옆구리에는 두 자 길이의 칼을 찬 십여 명의 사내가 먼저 나오고, 마지막으로 죽립을 쓴 세 명의 여인이 나왔다.

눈이 찢어진 사내 오도칠은 산하의 몸을 보고 잠시 움찔한 기색이었지만 곧 더 강한 살기를 뿜어내며 말했다.

"웬 놈들이냐?"

산하는 말이 없었다.

화태건은 자신이 나서야 할 때라는 것을 알았다.

그는 이제 든든하게 믿는 배경이 생겼으므로 상대의 수가 몇이든 전혀 겁먹지 않았다.

산하의 앞으로 한 발 나서는 그의 어깨에 힘이 잔뜩 들어갔다. 목소리도 크고 낭랑해졌다.

"네놈들이 우리 형을 납치한 자들이겠지? 어서 형을 내놓아라! 그렇지 않으면 오늘 험한 꼴을 당하게 될 거다!"

오도칠은 어이가 없어 헛웃음을 흘렸다.

"꼬마야, 네 형은 집에 가서 찾아야지 왜 여기서 찾고 지랄을 하는 거냐! 응!"

"발뺌하려 하지 마라. 서남쪽 평원에서 납치한 청년이 우리 형이다. 어서 내놔!"

"헐, 관제상이 박살 난 걸 보니 화탄 따위를 가지고 있나 본데, 그런 물건을 너무 믿는구나, 이마에 젖비린내도 가시지 않은 놈아."

화태건이 말한 형을 내놓으라는 말은 그의 귀에 들리지 않은 듯했다.

오도칠은 말과 함께 턱짓을 했다.

그의 좌우에 서 있던 사내 네 명이 앞으로 나섰다. 그들의 손에는 길이 한 자 반 정도 되는 칼이 들려 있었다. 얼마나 숫돌에 갈아댔는지 손만 대도 베일 것 같은 예기가 흐르는 칼이었다.

두목 급으로 보이는 자의 화탄 운운하는 말에 어이없다는 듯 피식 웃고 있던 화태건은 혀를 내밀어 입술을 축였다.

내딛는 걸음이나 칼을 쥔 자세를 볼 때 사내들 개개인은 그보다 약했다. 하지만 수가 넷이다.

화태건은 슬쩍 산하를 곁눈질했다.

산하는 여전했다. 사내들이 다가오든 말든 신경 쓰는 기색이 보이지 않았다.

조금씩 불안해져 가던 화태건의 마음이 평온을 되찾았다.

그는 나이가 어리지만 집안 사정 때문에 많은 사람을 보며 자랐다. 그래서 또래에 비해 사람 보는 눈이 있는 편이었다.

'형님은 형을 구해준다고 나에게 약속했다. 형님 같은 사람

은 한 번 입 밖으로 내뱉은 말은 목에 칼이 들어와도 지킨다. 난 믿으면 돼.'

그는 마음을 다잡고 다시 소리쳤다.

"헛소리하지 말고 형이나 내놔! 만약 네놈들이 형의 머리카락 하나라도 건드렸으면 절대로 그냥 뇌두지 않겠다!"

한 걸음 앞으로 나서며 살짝 무릎을 굽히고 주먹을 들어 올리는 그의 눈에서 불똥이 튀었다.

형에 대한 걱정과 분노가 온전히 실린 눈빛과 기세가 관제묘를 휘어잡았다.

다가서던 사내들의 자세가 신중해졌다.

노해 소리치고 있는 소년의 움직임에 절도가 있었던 것이다. 그들의 무공은 이류 정도에 불과했다. 하지만 실전 경험은 일류고수에게도 뒤지지 않을 정도로 풍부했다.

그 풍부한 경험 중에는 무공을 보는 안목도 포함되어 있었다. 그들이 몸담고 있는 업계는 상대를 제대로 파악하지 못하면 그날이 제삿날일 만큼 살벌했다.

그 살벌함이 가져다준 안목이었다.

그들은 눈앞의 소년이 무공을 익혔다는 것과 그 무공이 저잣거리에서 어깨너머로 배워 짜깁기한 자신들의 무공과 달리 정통에 속하는 것이라는 걸 어렵지 않게 알아보았다.

그만큼 소년의 자세는 안정되어 있었다.

이런 상대는 조심해야 했다.

오랜 역사를 거치며 다듬어진 정통 무공은 단 몇 수만 배워도 평생을 써먹을 수 있을 만한 깊이를 갖고 있기 때문이다. 어리다고 얕보았다가는 큰코다친다.

게다가 무림의 금언 중에는 노인과 여자, 아이를 조심해야 한다는 말도 있지 않던가.

수하들의 자세를 본 오도칠은 만족스런 미소를 짓다가 곧 못마땅한 안색이 되었다.

그는 세 명의 여인과 어깨를 나란히 하고 서 있었는데, 바로 옆에 서 있는 여인의 분위기가 싸늘해진 것을 느꼈던 것이다.

그가 말했다.

"미안하외다. 꼬리를 밟혔던 모양이오."

"명성을 믿고 일을 맡겼는데 생각보다 많이 허술하군요. 저런 어린아이에게 뒤를 밟히다니."

오도칠의 얼굴이 붉어졌다.

입이 백 개라도 할 말이 없었다.

화태건의 외양은 분명 약관도 되지 않은 소년이었으니까.

대화는 끊겼다.

막 화태건을 향해 칼을 휘두르려던 사내들의 움직임이 멈추었기 때문이다.

어색한 듯 뒷머리를 긁적이며 산하가 화태건의 앞을 막아서고 있었다.

관제묘의 분위기가 변했다.

산하가 뒷머리를 긁는 건 사람들의 시선에 들어오지도 않았다.

장대한 체구가 화태건을 가리자 태산이 가로막고 선 듯한 압박감이 관제묘를 가득 채웠다.

사람들은 손가락 하나 까닥하지 못할 만큼 강한 긴장감을 느껴야 했다.

오도칠은 물론이고 죽립여인들조차 침을 꿀꺽 삼켰다.

그리고 그들은 생각했다.

밖으로 나온 자신들이 왜 저 장대한 체구의 사내를 의식하지 못했을까 하고.

분명 이상한 일이었다.

나오자마자 보았던 사내다. 게다가 보통 사람보다 머리 하나는 더 큰 장대한 체구의 소유자다. 그런데도 어떻게 저 거구를 주목하지 않을 수 있었을까.

그것에 담긴 의미를 어렴풋하게나마 깨달은 사람은 모두를 통틀어 가장 뒤에 나온 여인 한 명뿐이었다.

그녀는 오래전 자신을 가르친 사람이 했던 말을 기억해 낼수 있었다.

'움직이지 않을 때는 바람처럼 표홀하여 느낄 수 없고, 움직이기 시작하면 산악처럼 거대한 기세를 발산한다. 기세의 수발이 자유로운 자? 설마 그럴 리가?'

죽립으로 가려진 여인의 고운 미간에 깊은 골이 파였다.

만약 그녀의 생각이 옳다면 저 거구의 사내는 이 자리에 있는 사람들이 절대로 상대할 수 없는 사람이다.

생각을 잇던 그녀는 잠시 후 고개를 저었다.

몸담고 있는 방파의 특성상 그녀의 강호 견식은 대단히 해박했다.

그런 그녀가 아무리 생각해 봐도 눈앞의 사내와 같은 외모를 가진 절세고수에 대한 얘기는 들어본 적이 없었다.

칠 척은 됨 직한 키, 강철 같은 근육으로 뒤덮인 장대한 체구, 헝클어진 머리, 대충 걸친 마의와 초혜, 그리고 적수공권.

이런 외모의 고수는 금시초문인 것이다.

'착각일 거야. 그런 고수가 이 자리에 갑자기 나타난다는 건 말도 안 돼. 화탄이 터지는 소리에 놀라 정신이 없어서 미처 보지 못한 것일 뿐이야.'

그녀의 미간에 파였던 골이 사라졌다.

가장 상식적인 결론을 얻었다고 여겼기 때문이다. 하지만 곧 그녀의 미간에는 좀 전보다 더 깊은 골, 거의 내천(川) 자에 가까운 일그러짐이 생겨났다.

그럴 수밖에 없는 장면이 눈앞에서 펼쳐졌으니까.

"곰 같은 놈, 네놈 배때기에는 칼이 안 들어간다더냐!"

매서운 눈으로 산하를 노려보던 흑의인들이 악다구니와 함께 중도를 휘두르며 달려들었다.

산하는 사내들이 서슬이 시퍼런 칼을 들고 덤비는데도 별 표정 변화 없이 그저 양손을 들어 앞을 막기만 했다. 마치 무서워서 움직이지도 못하는 겁먹은 아이처럼.

덩치도 큰 사람이 공격은커녕 피하지도 않고 팔만 든 상태.

온몸이 허점이나 마찬가지였다.

무공을 익히지 않은 일반인이라도 찌르고 벨 곳이 천지였다.

두 자루의 칼이 철기둥 같은 산하의 두 팔을 사정없이 내려치고, 다른 두 자루의 칼은 팔을 비켜서 산하의 옆구리를 베었다.

쩌저정! 쩽그렁!

사람들의 얼굴이 멍해졌다.

쇠와 살이 부딪쳐서는 저런 소리가 날 수가 없는 것이다.

사람들은 볼 수 있었다.

산하를 베어갔던 사내들이 부러진 반도를 들고 주춤주춤 물러서고 있는 것을.

칼을 쥔 사내들의 손에서 피가 주루루 흐르고 있었다. 칼이 반 토막 나는 충격이다. 그 충격을 받은 손이 멀쩡할 리가 없었다. 손아귀가 찢어진 것이다.

턱이 떨어져라 걱정스러울 정도로 입을 딱 벌린 사람들의 시선이 저절로 산하를 향했다.

칼을 맞은 팔뚝과 반 자가량 찢어진 옷 사이로 보이는 옆구리에는 상처 하나 없었다.

사람들의 눈이 있는 대로 커졌다.

경악과 불신이 그들의 마음을 뒤흔들었다.

가공할 반탄지력이었고, 그보다 더 끔찍한 외공이었다.

눈을 내려 칼이 맞은 자리를 일별한 산하가 눈살을 찌푸렸다. 그가 꾹 다물고 있던 입술을 열어 말했다.

"옷 벗는 걸 깜박했구먼."

마음이 상했다는 기색이 어린 말투.

그는 그때까지 등에 메고 있던 행낭과 윗도리를 벗어 화태건에게 건네주었다.

화태건은 산하의 외공을 이미 경험한 터라 결과를 어느 정도 예상은 했다. 하지만 칼이 부러져 나가는 장면을 눈앞에서 본 그의 놀람도 다른 사람과 별반 다르지 않았다.

그래서 반쯤 넋을 잃고 있던 그는 얼결에 산하의 상의와 행낭을 받았다. 그리고 비틀거리다가 뒤로 엉덩방아를 찧으며 쓰러졌다.

"으흑……."

워낙 커서 무거우리라 생각은 했어도 이렇게 무거우리라고는 생각도 못한 그였다.

어림짐작으로 백 근은 가볍게 넘는 듯했다.

'내가 이걸 들고 걸으면 일 리도 못 가서 깔려 죽겠다.'

상의를 벗은 산하는 이를 드러내며 싱긋 웃었다.

그는 열세 살 때까지는 옷을 벗고 지내다시피 했다.

노출을 좋아하는 성격이라서가 아니라 수련 때문에 그랬다. 옷을 입고 수련하면 반 각도 지나지 않아 걸레가 되어버렸다. 매일 새 옷을 입을 수는 없는 일이 아닌가. 그 당시는 수련이 끝난 후에도 옷을 거의 입지 않았다. 어렸으니까.

하지만 나이가 좀 든 열네 살 때부터 지금까지는 대부분의 시간 동안 옷을 입고 지냈다. 그러나 어릴 때에 비해 많은 시간 입고 있긴 했어도 벗고 지내는 시간도 적지 않았다.

비무 때문이었다.

그의 비무 방식이 지닌 천하무쌍의 독특함이 옷 입는 걸 허락하지 않았다.

그의 비무는 권장도검에 난타당하다가 끝나는 비무가 아닌가. 옷을 입고 있으면 그 결과가 어찌 될 건 뻔했다.

그래서 지금 상의를 벗어젖히는 산하의 태도는 자연스럽기 이를 데 없었다.

그에겐 당연한 일이었으니까.

화태건이 행낭의 무게에 내심 혀를 내두고 있을 때 산하의 상체를 본 흑의인들의 입이 헤벌어졌다.

여인들조차 죽립으로 가려 보이지 않는 눈가가 촉촉하게 젖어들었다. 뜨거운 열기가 느껴지는 눈빛.

'끝내주는 몸이네.'

'죽여준다.'

'어떤 수련을 해야 저런 몸이 만들어지는 거야.'

그들의 생각은 하나같았다.

윗도리를 벗은 산하의 상체는 강철로 빚은 조각상과 같았다.

가슴과 복부의 근육은 천하의 명장이라도 그와 같은 조각을 할 수 없으리라 생각될 정도로 정교하고 웅장했으며, 넘치는 힘으로 가득 차 있었다.

뒤쪽의 세 죽립여인의 볼에 홍조가 떠오르고 입에서는 절로 한숨이 흘러나왔다.

그 한숨에 뜨거운 열기가 섞였다.

흑의인들의 두목인 오도칠은 사내다.

자신도 모르게 산하의 상체와 자신의 상체를 머릿속에서 비교하던 오도칠이 인상을 잔뜩 구기며 앞으로 나섰다.

"뉘신지 존함을 밝혀주시오."

표정은 엉망이었어도 그의 어조는 화태건을 상대할 때와는 하늘과 땅만큼이나 달라져 있었다.

잘 정련된 칼이 팔뚝에 부딪쳐 반 토막이 나고 반탄력에 손 아귀가 찢어졌다.

눈을 장식으로 달고 다니지 않는 자라면 상대가 외문무공의 고수라는 걸 알아차리지 못할 수가 없는 것이다.

산하는 뒷머리를 긁적였다.

존함이라니.

들어본 적도 없는 용어다.

"납치한 사람들, 풀어주시죠. 그거 나쁜 짓입니다."

어수룩함이 마음에 확 와 닿는 어투.

목소리가 굵고 낮은 저음이었지만 낭랑한 기색이 역력해서 나이도 그리 많지 않음을 알 수 있었다.

사람들은 눈앞에 있는 거구의 사내가 강호 경험이 없다는 걸 깨달았다.

그도 그럴 것이, 촌무지렁이나 쓸 법한 말투를 쓰는 자가 아닌가.

경험이 있는 자라면 칼을 휘두르는 상대에게 저렇게 온순하게, 그것도 존댓말을 할 리 없는 것이다.

오도칠의 눈에 상대를 경시하는 기색이 떠올랐다.

강호는 무공이 삼 푼, 경험이 칠 푼이라는 말이 있다.

경험이라면 오도칠은 제 나이 대에선 누구에게도 상수를 양보하지 않을 자신이 있는 자였다.

그가 말했다.

"이건 사업이라네. 자네 말대로 할 수는 없는 일이야."

방금 전까지 존대하던 말투가 다시 하대로 변했다.

산하의 어수룩한 말을 들으며 답답함에 가슴을 치고 있던 화태건이 버럭 소리를 질렀다.

"사람을 매매하는 게 어떻게 사업이 될 수가 있느냐, 이 악독한 놈들아!"

산하는 큰 눈을 껌벅이며 고개를 끄덕였다.

오도칠이 사나운 눈으로 화태건을 노려보았다. 화태건도 질세라 눈을 부릅떴다.

코웃음을 친 오도칠이 말했다.

"애송아, 집에 가서 엄마 젖이나 더 먹고 와라. 덜 여문 네 머리로 어른들의 사업이 어떻게 돌아가는지 알 턱이 없으니. 흐흐흐."

화태건의 눈에서 불똥이 튀었다.

오도칠은 강하게 말하면서도 사실 산하에 대한 주의를 한시도 게을리하지 않았다.

거구의 사내는 강호 초출의 무경험자일지 몰라도 그가 익힌 무공은 진짜라는 걸 느끼고 있었기 때문이다.

그는 옆의 죽립여인을 돌아보며 말했다.

"아무래도 나서주셔야 할 듯하오. 우리 아이들만으로는 조금 버거운 상대 같아서 말이오. 옆에서 거들게 하리다."

죽립여인이 고개를 끄덕였다.

외문기공을 파괴할 수 있는 방법은 세 가지다.

첫 번째는 외문기공의 약점인 조문을 찾아 공격하는 것이고, 두 번째는 외부가 아닌 내부를 직접 타격하는 격산타우(隔山打牛)의 내가중수법을 쓰는 것, 세 번째는 쇠도 두부 자르듯 하는 신병이기로 상대를 양단해 버리는 것이다.

하지만 셋 다 쉬운 방법은 아니다.

외문기공을 익힌 사람들에게 치명적인 약점인 조문은 익히는 사람마다 다른 곳에 형성되기 때문에 당사자가 아니면 알 수 없다. 달리 사점(死點)이라 불리는 것이니 조문은 처자식에게도 알려주지 않을 정도로 절대 비밀의 영역이다.

그리고 외문기공의 조문을 알기 위해서는 무공의 정체를 알아야 한다. 하지만 지금은 상대의 외문기공이 무엇인지도 모르는 터라 조문을 알 수 있을 턱이 없었다.

세 번째 방법은 아예 불가능했다. 이곳에는 신병이기를 가진 사람이 없는 것이다.

그래도 시도해 볼 만한 방법은 두 번째였다. 내가중수법을 사용할 줄 아는 사람이 한 명 있었기 때문이다.

바로 죽립여인이었다.

내가중수법을 완숙하게 사용하면 구름 속의 신룡과 같다는 절정의 고수라 불릴 수 있다. 그러나 그녀의 수준은 그 정도에는 미치지 못했다.

일류의 수준에 갓 들어선 여인에게 완숙한 내가중수법은 꿈의 경지였다. 지금은 어설프게 흉내 내는 정도에 불과할 뿐이었다. 하지만 그것만으로도 그녀는 수년 간 적수를 만나지 못했다.

그녀가 앞으로 나서자 두 명의 죽립여인이 그녀와 함께 나섰고, 십여 명의 흑의인도 검을 꼬나 쥐고 언제든지 칼을 휘두를 수 있는 자세를 취하며 산하를 노려보았다.

화태건이 산하를 불렀다.

"형님."

다가서는 적(?)을 보며 눈을 껌벅이고 있던 산하가 뒤를 돌아보았다.

적을 앞에 두고 고개를 돌리는 건 자살 행위다. 그러나 산하는 망설임없이 뒤를 보았다.

칠 테면 쳐보라는 자세.

그것이 흑의인들과 여인들의 속을 뒤집어놓았다.

그들은 면전에서 무시당한 것이다.

"이런 잡놈이!"

흑의인들 중 칼이 부러지지 않은 자들이 이를 갈며 득달같이 달려들었다.

그 순간 화태건이 악을 썼다.

"말씀드린 대로만 하세요!"

산하가 고개를 끄덕였다.

이곳까지 오는 동안 귀에 못이 박히도록 들은 말이다.

흑의인이 사나운 기세로 내려찍은 칼날이 그대로 산하의 왼쪽 어깨에 떨어졌다.

쩡!

부러져 나가는 칼날과 찢어지는 손아귀, 그리고 핏물.

충격으로 흑의인의 신형이 허공으로 튀어 오르려 했다. 하지만 그는 움직이지 못했다.

산하의 왼손이 불쑥 앞으로 나가는가 싶더니 어느새 흑의인의 멱살을 단숨에 움켜쥐었던 것이다. 그의 손이 파리를 잡듯이 가볍게 한 번 흔들렸다.

그러나 그 간단한 움직임의 결과로 흑의인의 신형은 태풍에 휘말린 가랑잎처럼 삼 장을 날아가 바닥에 나뒹굴었다.

휘익!

쿵!

"어구구!"

허리가 나갔는지 새우처럼 몸을 꺾은 흑의인의 입에서 기괴한 비명이 흘러나왔다.

한 명을 처리했을 때 산하의 몸은 두 자루의 칼에 찔리고 세 자루의 칼에 베였다.

따다다다다당!

베인 곳은 목과 허리, 그리고 등이었고, 찔린 곳은 이마와 명치 부근이었다.

하지만 결과는 같았다.

그를 공격한 흑의인들은 찢어져 피가 철철 흐르는 손아귀와 부러진 칼을 들고 망연자실해야 했다.

물론 그것만으로 끝나지 않았다.

흑의인들의 칼이 몸에 닿을 때 산하는 각기 한 손에 두 사내의 손목을 움켜잡을 수 있었다.

그의 손이 움직이는 속도와 각도는 평범해 보였다. 그러나 눈썰미가 있는 사람이라면 기이함을 느꼈을 것이다. 비록 이류라고는 해도 무공을 익힌 흑의인들이 회피하거나 저항할 수 있는 여지를 그의 손은 원천적으로 봉쇄하고 있었기 때문이다.

천하에 존재하는 금나수 중 상승에 속하는 무공은 모두 두 가지 묘리에 기반하고 있다.

하나는 자신의 힘은 적게 들이고 상대의 힘을 역으로 이용하는 사량발천근(四兩拔千斤)의 묘리이고, 또 하나는 엇갈리고[搓], 끌어당기고[引], 튕기고[彈], 돌리는[回] 등의 네 가지 무리(武理)를 대표하는 이화접목(移花接木)의 묘리다.

그러나 장중에 있는 사람 중 한 명을 제외하면 산하의 손에 담긴 이치를 이해할 수 있는 수준의 고수는 없었다. 그 한 사람마저도 어렴풋이 느꼈을 뿐이다.

그 한 사람, 죽립여인의 눈살이 절로 찌푸려졌다.

'…마구잡이로 잡는 듯하지만 분명 법칙이 있어. 금나수야. 어디서 봤지? 분명 본 기억이 있는데?'

산하의 움직임을 응시하던 여인의 얼굴에 의혹의 빛이 짙어졌다.

흑의인들의 손목을 잡은 산하의 두 손에 힘이 들어갔다.

"어… 어… 어……?"

그에게 손목이 잡힌 두 사내의 발이 지면에서 떨어지며 허공으로 치솟았다. 반원을 그리면서.

쾅!

허공에서 박치기를 한 두 사내의 이마가 터지며 반대편으로 튕겨 나갔다.

콰당당탕!

이번에는 비명도 없었다.

부딪칠 때의 충격으로 흑의인들은 정신을 놓았다.

그가 손을 뻗으면 닿을 거리에 있던 세 명의 흑의인은 사색이 되었다.

칼은 부러졌고, 손아귀는 찢어졌다.

이미 그들의 기세는 위축될 대로 위축되어서 방금 전 기세 좋게 덤벼들던 모습은 흔적도 찾을 수 없었다.

산하의 두 발이 묘하게 교차하는가 싶더니 그의 긴 두 팔이 마당을 쓰는 빗자루처럼 세 흑의인을 휘감았다.

아이를 품에 안는 듯했다.

피하고 자시고 할 틈도 없이 그의 품 안에 갇힌 흑의인들의 두 발이 공중에 떴다.

강철보다 더 단단하게 느껴지는 팔에 안긴 세 사내의 얼굴은 보기 안쓰러울 정도로 노랗게 변해 있었다. 사내 품에 안긴 망신스런 자세가 주는 부끄러움은 당연히 아니었다.

그들은 아무리 용을 써도 산하의 팔이 미동도 하지 않는 것에 두려움을 느낀 것이다.

그 순간,

산하의 몸이 반쯤 회전하며 좌측면의 벽을 향해 돌진했다.

사내 셋이니 무게가 적어도 삼백 근을 넘을 텐데도 그의 움직임은 공깃돌이라도 든 것처럼 가볍기만 했다.

쾅!

그의 몸과 벽 사이에 낀 흑의인들의 입에서 허연 거품이 부글거리며 솟았다.

하나같이 눈동자가 뒤로 돌아간 얼굴.

여간해서는 깨우기도 어려울 만큼 기절의 강도가 세 보였다.

벽에 들러붙은 자세 그대로 바닥으로 주욱 미끄러지는 흑의인들을 보며 미안한 듯 뒷머리를 긁적이던 산하가 돌아섰다.

"허거걱! 괴… 괴… 물……."

누군가의 입에서 사정없이 떨리는 음성이 흘러나왔다.

그럴 만도 했다.

산하의 움직임은 일단 시작되자 어떻게 저런 거구가 저런 속도로 움직일 수 있는지 보는 사람의 눈을 의심하게 만들 정도로 빨랐다.

얼굴과 뒤통수가 겹쳐 보이고, 그의 얼굴을 사면에서 볼 수 있었으며, 팔은 여덟 개로 보였다.

전설에 나오는 삼두육비의 괴물이 그가 아닌가 싶은 모습이었다.

사람의 몸이 저렇게 보일 수 있는 경우는 하나뿐이다.

보법, 그것도 절세라는 말이 어색하지 않을 보법을 산하는 펼치고 있는 것이다.

오도칠의 안색은 똥색이었다.

수하 다섯이 인사불성이 되고 넷은 손아귀가 찢어져 항거 불능이 되었다.

그는 자신의 앞에 선 죽립여인들의 등을 원망스러운 눈으로 바라보았다.

죽립여인들이 먼저 나서주길 바랐는데 여인들은 먼저 나서지 않았던 것이다.

그의 생각이 어떤지 별 관심이 없어 보이는 여인들 중 우두머리로 보이는 가운데 여인이 한 걸음 앞으로 나서며 산하에게 물었다.

"대단한 외문기공과 보법이로군요. 이름이 무엇인지 물어보아도 될까요?"

산하는 고개를 저었다.

"스승님께서 남에게 가르쳐 주지 말라고 하셔서……."

죽립으로 가려진 여인의 얼굴에 쓴웃음이 흘렀다.

산하의 말투는 삼척동자도 강호 초출임을 알 수 있을 만큼 미욱스러웠다. 더구나 껌벅이는 커다란 눈은 정말 순해 보이지 않는가.

그의 외모와 말투만을 보고 그가 지닌 무공 수준을 상상하기는 정말 지난하기 이를 데 없는 일이었다.

그녀 또한 마찬가지였다.

산하가 손을 쓰기 전에 그가 이렇게 강할 거라고는 생각도 못하지 않았는가.

그녀가 다시 물었다.

"제가 잘못 본 것이 아니라면 방금 전 소협이 썼던 금나수는 소림사의 칠십이종절예 중 하나인 천수금나(千手擒拿)처럼 보였는데, 맞는지요?"

보법에 대해서는 묻지 못했다. 그녀조차 듣도 보도 못한 것이었기 때문이다.

분위기가 썰렁해지며 정신을 잃지 않은 사람들의 안색이 변했다.

희희낙락하며 널브러진 흑의인들을 향해 혀를 내밀어 약을 올리고 있던 화태건도 놀란 눈으로 산하를 쳐다보았다.

소림사(少林寺).

천하공부출소림이니 중원 무공의 발원지니 하는 구구절절한 설명이 필요없는 천하무림의 성지.

무승(武僧)들이 산문을 벗어나는 경우는 십 년에 한 번도 많다 싶을 정도로 적은 곳. 그렇게 무림에 관여하지 않으면서도 숭앙받기로는 천하제일인 곳.

일천 년이라는 장구한 세월 동안 무림의 태산북두로 불리며 숱한 신화와 전설을 배출한 곳.

최근 들어 그 성세가 예전만 못하다는 평을 받고 있긴 하지만 누가 있어 감히 소림의 이름을 무시할 수 있을까.

산하는 간단하게 고개를 저어 여인의 말을 부인했다.

"아니오."

일말의 망설임도 없는 대답이었다.

여인은 실망과 함께 내심 안도의 한숨을 내쉬었다.

무공을 부인함은 사문을 부정하는 것과 같다.

몰라보면 몰라도 일단 알아차린 상대의 질문에는 사실대로 대답하는 것이 무림의 상례.

산하가 아니라면 아니라고 생각하는 게 정상이었다.

여인은 죽립을 벗었다.

나이는 삼십대 초반쯤.

양지유를 바른 듯 매끄러운 피부는 희었고, 금방이라도 눈웃음을 칠 듯한 눈에는 물기가 짙었다.

상당한 미인이었지만 단아하거나 우아하다는 느낌보다는 강한 염기(艶氣)가 느껴지는 미모.

그러나 요염한 색기가 흘러야 제격일 듯한 그녀의 눈빛은 섬뜩할 정도로 차가웠다.

"소림의 제자가 아니라면 꺼릴 이유가 없지."

음성도 눈빛만큼이나 차갑다.

오도칠은 여인—그가 사요랑이라 부르는—이 조금 전 나서지 않고 싸움을 관망한 이유를 알 수 있었다.

사요랑은 저 거구의 사내가 소림의 속가제자일 수도 있다는 생각을 했던 것이다.

그녀가 속한 문파는 흑도무림에서 대단한 영향력을 행사하는 문파이기는 했다. 그러나 소림사와 척을 지고도 담담하게 여길 만한 능력은 없었다.

사실 그건 그녀의 문파뿐만이 아니라 중원무림의 어느 문파든 마찬가지였다.

소림사였으니까.

여인의 차가운 눈을 내려다보며 산하는 눈을 껌벅였다.

'천수금나가 아니라 금룡십이해였는데…….'

여인의 질문은 잘못되었다.

만약 여인이 그가 사용한 무공의 명칭이 아니라 그의 사문을 직접 물었다면 대답은 달라졌을 것이다.

산하는 여인의 잘못된 안목을 고쳐 주고 싶은 생각이 있었지만 그냥 입을 다물었다.

분위기를 파악하는 데는 꽤 둔감한 그가 느끼기에도 그럴 분위기는 아니었다.

그는 화태건이 이곳까지 오며 조언해 준 대로 싸우고 있었다.

그가 사람을 때리며 싸우는 방식에 대해 심한 거부감을 가지고 있다는 것을 안 화태건은 상대를 잡아 던져 기절시켜 버리는 형태의 싸움을 권했던 것이다.

산하는 거기에 누르기를 더했다.

그 방식은 그냥 맞으며 상대가 지쳐 떨어질 때까지 기다리는 것보다는 까다로웠지만 어렵지는 않은(?) 일이었다.

세 명의 여인은 가녀린 허리를 꼭 조이고 있는 요대의 끝을 잡아갔다.

큰 눈을 껌벅이며 물끄러미 그녀들을 보는 산하의 얼굴에 난감한 표정이 떠올랐다.

'어딜 잡아야 하지? 손목을 잡으면 부러지지 않을까? 그래도 여잔데 안아서 누를 수도 없고… 그냥… 안아서… 누를까?'

그는 태어나서 지금까지 여자와는 싸움은커녕 비무도 해본 적이 없다.

그의 앞에 있는 여인들을 보라.

하늘거리는 세류요, 어느새 허리에서 풀어내 손에 들고 있는 요대보다 가는 팔다리, 살짝 치면 부러질 것처럼 가느다란 뼈, 조막만 한 얼굴.

때릴 곳은 물론이고 잡을 곳도 마땅치 않은 것이다.

답이 없었다.

하지만 그건 그의 생각이고.

얼음처럼 차가운 기세를 흘리는 여인들이 손에 쥔 요대의 길이는 일 장이 넘었다.

요대는 면의 폭이 두 치 반은 되어서 여인들이 손목을 비틀 때마다 마치 구렁이가 꿈틀거리는 것처럼 움직였다.

난감한 기색의 산하가 혀를 찼다.

"쩝."

그 소리가 신호라도 된 듯 세 개의 요대가 공간을 가르며 산하에게 날아들었다.

하나는 그의 목으로, 하나는 그의 몸으로, 마지막 하나는 그의 두 다리를 향해.

산하는 공격을 개의치 않으며 앞으로 걸음을 옮겼다.

그와 여인들의 거리가 일 장 이내로 좁혀졌고, 세 개의 요대가 그의 몸을 뱀처럼 휘감았다.

요대 하나는 그의 목을 칭칭 감았고, 하나는 두 팔을 몸통에 붙여서 칭칭 감았다. 마지막 하나는 그의 두 다리를 둘둘 감았다.

그 순간 산하의 상체를 묶은 요대를 쥔 사요랑이 요대를 당기며 그 탄력에 몸을 실어 산하의 가슴으로 바람처럼 뛰어들었다.

오른손은 요대, 왼손은 암경이 실린 일장.

그녀와 산하 사이의 거리가 단숨에 사라지며 산하의 가슴팍 다섯 개 요혈이 그녀의 장세하에 들었다.

순하게만 보이던 산하의 눈에 지금까지와 다른 묘한 빛이 떠오른 것은 그때였다.

'어? 이 장법은……?'

여인의 왼손은 꽃봉오리가 피기 직전처럼 끝이 장심을 향하고 장심은 볼록하게 솟아 있었다. 손이 움직이는 순간 산하의 상체 여덟 개의 요혈이 단숨에 장세하에 들었다.

부딪치는 것은 무엇이든 부숴 버릴 것 같은 파괴적인 기운이 응축되어 있었을 뿐만 아니라 상대의 회피에 따라 언제든 변화할 수 있는 여력이 담긴 장법.

여인의 성취가 낮아 그 위력이 제대로 구현되고 있지는 않았지만 범상한 장법이 아니었다.

그가 아닌 다른 사람이었다면 몸부림을 치며 공세에 대응할 방도를 찾았을 것이다.

그러나 산하는 멀뚱히 여인을 바라볼 뿐이었다.

여인의 손이 산하의 철벽같은 가슴을 쳤다.

쾅!

살과 살이 부딪쳐서는 날 수 없는 굉음이 울렸다.

장중을 지켜보던 사람들의 입이 헤벌어졌다.

사람이 실 끊어진 연처럼 허공을 날고 있었다.

입에서 피를 토하며 뒤로 이 장을 튕겨 날아가는 사람, 사요랑이었다.

털썩!

구겨진 종잇조각처럼 널브러진 사요랑의 몸이 부들부들 떨렸다. 쥐고 있던 요대는 놓쳤고, 산하를 친 손은 손목이 부러져 뒤로 꺾여 있었다.

그녀의 입에서 억눌린 비명이 새어 나왔다.

"아흑!"

그녀의 눈빛은 빛을 잃고 있었다.

손목이 부러진 건 가벼운 상처였다.

내가중수법으로 공격한 것이기에 반탄력에 의한 충격 또한 그녀의 내부에 집중되었다.

상대의 반탄지력에 의해 역류한 내공은 그녀의 경락을 뒤틀고 오장육부가 제자리를 벗어나게 하지는 않았다. 하지만 꽤 심하다 할 수 있는 상처를 입은 건 사실이었다.

적어도 보름 이상은 정양해야 평소의 공력을 회복할 수 있을 내상이었다.

누운 사요랑을 내려다보던 산하가 눈을 껌벅였다.

"아파요?"

진심으로 걱정하는 기색이 느껴지는 음성이었다.

사요랑의 입이 헤벌어졌다.

침이라도 흐를 것 같은 백치 같은 표정.

그녀는 일장을 얻어맞은(?) 사람이 저렇게 질문할 수도 있다는 걸 처음 알았다.

살기 흐르던 분위기가 산하의 단 한 마디로 어색해졌다.

맥이 탁 풀린 표정으로 철탑처럼 서 있는 거한을 올려다보는 사요랑의 눈이 어지럽게 흔들렸다.

고통과 불안함, 그리고 어이없음이 혼재된 눈길이었다.

지금 상태에서 산하에게 한 주먹이라도 맞으면 그녀는 바로 사망이었다.

산하의 맑은 눈과 눈을 마주친 그녀는 마음속의 불안이 조금씩 가라앉는 것을 느꼈다.

혹의인들에게 손을 쓸 때 사정을 봐준 것이나 방금 전 자신에게 한 말을 생각하면 거한은 자신에게도 더 이상 손을 쓰지 않을 듯했다.

안심이 되자 뿔이 났다.

그녀는 흑도의 여인.

생각하는 바가 상식에서 약간 어긋나 있었다.

'병 주고 약 주냐!'

하지만 말은 입안에서만 맴돌았다.

어수룩한 상대에게 한마디 쏘아주고 싶은 생각도 없지 않아 있었지만 입을 열어 말을 할 기분이 아니었다.

상대는 가만히 있는데 알아서 공격을 하고 제풀에 나뒹군 형국이다.

사요랑은 이렇게 망신살 뻗친 싸움을 해본 적이 없었다.

고개를 저으며 한숨을 길게 내쉰 그녀는 큰대자로 길게 누워버렸다.

내, 외상도 문제지만 그녀는 싸우려는 생각 자체를 포기했다. 눈앞의 사내가 익힌 외문기공의 반탄지력은 공포스러울 정도였다. 싸우고 싶다는 마음이 뿌리째 뽑혀 나간 것이다.

사요랑은 깨닫고 있었다.

만약 그녀의 내가중수법이 좀 더 고명했다면 손이 사내의 가슴을 타격한 바로 그 순간 자신은 즉사했을 거라는 걸.

그리고 사내가 반탄력에 사정을 봐주지 않았다면 역시 즉사했을 것이라는 것도.

사내의 외문기공을 처음 보았을 때 그녀가 고개를 저으며 착각이라 치부했던 생각은 옳은 판단이었다.

그것을 그녀는 몸으로 확인했다고 할 수 있었다.

대가가 비싸긴 했지만.

어수룩해 보이는 저 거구의 청년은 이 자리에 있는 사람 중 누구도 상대할 수 없는 진짜 고수였다.

사요랑이 시쳇말로 뻗어버리는 걸 본 옆의 두 여인은 당황한 표정으로 자신들의 요대와 그것에 휘감겨 있는 산하를 번갈아 볼 뿐 움직일 생각도 하지 못한 채 그대로 얼어붙었다.

그녀들의 능력으로 저 괴물 같은 사내를 어찌할 가능성은 눈곱만치도 없었다.

그녀들이 전력을 다해도 이길 수 없는 사요랑을 손도 안 대고 뉘여 버린 상대가 아닌가.

여인들의 이마에 식은땀이 쉴 새 없이 솟았다.

사요랑이 시선을 돌려 버리자 산하는 뒷머리를 긁적였다.

만약 여인이 그가 생각한 사람의 후인이라면 여인을 다치게 한 건 미안해야 할 일이었다.

'하지만 나는 알아도 저 여자는 나를 모르니까 그냥 넘어가자. 흐흐흐.'

산하는 머쓱하게 웃었다.

그 웃음엔 여러 가지 감정이 복합되어 있었다.

그는 사요랑을 바라보며 잠시 생각에 잠겼다.

여인이 마지막에 쓴 장법이 뜻밖이어서 조금 놀라긴 했다.

그러나 전반적으로 싸움이라고 하기에는 긴장감이 너무나 없었다.

이번 싸움은 비무가 아닌 그가 최초로 치른 실전이었다. 받아들이는 감정이 비무 때와는 당연히 달랐다.

'…죄송합니다, 스승님.'

산하는 조금 침울한 얼굴이었다. 그는 속으로나마 돌아가신 스승을 떠올리며 사죄의 말을 중얼거렸다.

산하의 비무 방식이 기이할 수밖에 없고, 이번 싸움에서 직접 타격이 아닌 금나수와 같은 방식을 쓰게 된 이유는 여러 가지였다.

화태건이 생각한 것처럼 그가 싸움 경험이 없다는 것도 하나일 것이고, 자신의 무공이 어느 수준인지 스스로가 정확히 가늠하지 못하고 있다는 것도 하나의 이유가 될 터였다.

십여 년 동안 맞는 것으로 고정된 비무 때문에 몸에 배어버린 습관도 이유일 수 있었고.

하지만 가장 중요한 이유, 진정한 배경은 따로 있었다.

돌아가신 그의 스승이 살아생전 그에게 가했던 금제가 그것이었다.

살아 계실 때 스승은 산하가 싸우는 것은 물론이고 비무에서조차 다른 사람의 몸에 타격을 가하는 것을 절대로 허락하지 않았다.

세상 사람 중에 남에게 맞는 것을 좋아할 사람이 누가 있을까.

어린 시절의 산하도 맞는 걸 좋아하지 않았다. 더구나 때리는 사람이 스승이 아닌 남, 그것도 자신보다 약한 것이 분명한 사람인 경우는 더 싫어했다.

그럼에도 산하의 비무 방식은 맞는 것으로 고정되었다.

처음에는 스승이 그에게 가한 금제에 의해서, 그리고 후에는 스스로의 의지에 의해서였다.

스승이 그에게 가한 타격 금지의 금제는 가혹했다.

심지어 산하가 지닌 무공 중 최고의 성취를 이룬 것들 가운데 하나인 지법(指法)으로 상대의 혈을 눌러 무력화시키는 것조차 금할 정도였으니 두말이 필요없었다.

그가 지법을 사용했다면 흑의인들과 죽립여인들을 제압하는 데는 숨 두어 번 들이쉴 시간도 걸리지 않았을 것이다.

그럼에도 산하는 금나수와 보법, 그리고 몸으로 뭉개는 것이외에는 어떤 타격 무공도 사용하지 않았다.

산하는 스승이 돌아가시기 직전까지 왜 자신에게 가했던 가혹한 금제를 풀어주지 않았는지 그 이유를 잘 알고 있었기 때문이다.

스승이 그에게 가한 금제는 다른 사람을 위험에 빠뜨리지 않도록 하기 위함보다는 오히려 그가 위험에 빠지는 것을 방지하기 위해서였다.

금제는 스승이 그와 인연을 맺고 무공을 가르친 이유의 연장선상에 있었다.

그래서 스승이 돌아가시고 난 후 아무도 무어라 할 사람이 없는 지금도 산하는 스스로 금제를 깨뜨릴 생각을 해본 적이 없었다.

스승의 생전에 금제는 스승의 힘으로 유지되었지만, 지금의 금제는 산하의 의지로 유지되고 있었다.

하지만 산하가 금제에 완전히 매여 있는 것은 아니었다.

그의 의지에 의해 지켜지는 금제였다.

만약 금제를 풀어야만 하는 일이 그의 면전에서 벌어진다면 그것에 매여 손을 쓰지 않을 이유는 없는 것이다.

그럼에도 금제가 유지되고 있는 것은 지금까지 그의 주변에서 그가 금제를 풀어야만 할 정도로 위협적인 사건이 일어난 적이 없었기 때문이다.

산하는 크게 한 걸음 앞으로 나서며 슬쩍 몸을 털었다.

투두둑.

그의 목과 상체, 그리고 두 다리를 묶었던 요대가 썩은 동아줄 끊어지듯 가닥가닥 끊어졌다.

第四章

장내에서 가장 강한 사요랑이 피를 토하며 누워버리자 싸움은 끝이 나버렸다.

산하는 화태건에게서 상의와 행낭을 건네받아 걸친 후 철탑처럼 서서 관제묘의 허물어진 틈 사이로 보이는 밤하늘만 바라보았다.

여인 두 명은 사요랑의 상세를 살피기에 여념이 없었고, 오도칠은 산하의 눈치만 보았다.

산하에게 당했던 흑의인들도 정신을 차렸다.

깨진 이마와 입가의 말라붙은 거품이 흉했지만 실제 그들이 입은 상처는 그리 심하지 않았다. 그들이 당한 거라곤 집어 던져지고 뭉개진 것뿐이었으니까.

그들은 두려움이 가득 찬 눈으로 산하를 힐끔거리며 오도칠의 뒤로 숨었다.

침묵과 눈치 보기가 성행했다. 그러나 이 자리에도 기가 산사람은 있었다.

물론 화태건이었다.

그는 호가호위하는 성격은 아니었다. 그러나 지금은 하늘을 나는 것처럼 신이 났다.

산하를 좋아했기에 예상했던 것보다 더 강한 산하의 무공이 마치 자신의 무공인 양 자랑스러웠고, 형을 구할 수 있다는 마음에 들뜰 수밖에 없었던 것이다.

그가 호기롭게 소리쳤다.

"그러게 말로 할 때 들어야지. 꼭 맞아야 말을 듣는 인간들이 있다니까. 빨리 우리 형 데리고 와!"

오도칠은 한숨을 푹 내쉬었다.

철탑 같은 사내도 아니고 그 옆의 이마에 피도 안 마른 소년의 요구였다.

배알이 뒤틀렸다.

그러나 이미 물 건너간 상황이다. 소년의 말에 기분 나빠 해봐야 신세가 더 초라해질 뿐이었다. 철탑사내의 손속이 독하지 않은 것에 감사해야 할 판이었으니까.

그가 눈짓을 했다.

흑의인들이 우르르 지하로 몰려 내려갔다.

잠시 후 그들은 다섯 명의 정신을 잃은 청년들을 부축해서

나왔다.

흑의인들은 청년들을 산하와 화태건의 앞에 눕히고 도망치듯 뒤로 물러났다.

청년들은 이십대 초, 중반의 나이였는데 하나같이 백에 한 명 있을까 말까 한 미남이었고 체격이 좋았다.

화태건은 세 번째 청년의 옆에 한쪽 무릎을 꿇고 앉았다.

"둘째 형……."

그가 형이라 부른 청년은 훤칠한 키에 수려한 이목구비의 미남자였다. 좌우의 네 명도 미남이었지만 그에 비하면 눈에 띌 만큼 돋보였다.

화태건이 화가 난 시선으로 오도칠을 보았다.

"형에게 무슨 짓을 한 거야? 왜 형이 정신을 차리지 못하는 거냐구!"

"꼬마, 납치한 놈이 눈물콧물 흘리며 보내달라고 악다구니 쓰는 거 보면 정신이 얼마나 사나운지 아냐? 그래서 미혼약을 먹였을 뿐이다. 몸에 이상이 생기는 것도 아니고 서너 시진 뒤면 저절로 해소되는 거니까 기다려. 참고로 해약이 없는 미혼약이니까 나한테 해약 내놓으라는 둥 난리칠 생각은 하지도 마라."

오도칠이 시큰둥하게 대답했다.

산하가 무섭긴 하지만 그도 거친 흑도의 피바람을 맞으며 불혹을 넘긴 사내다. 산하라면 몰라도 화태건에게 기가 죽을 그가 아닌 것이다.

화태건의 얼굴이 붉게 달아올랐다.

형에 대한 걱정으로 가슴이 타들어가는 듯했다. 그는 오도칠의 말을 믿지 않았다. 돈 때문에 사람을 납치한 인간의 말을 어떻게 믿을 수 있겠는가.

그는 막 한 여인의 가슴에 기대어 상체를 일으키고 있는 사요랑을 보았다.

"악독한 아줌마, 저 인간 말처럼 우리 형 깨울 수 있는 방법이 없는 거야? 그리고 대체 왜 젊은 남자들을 납치하라고 사주한 거야? 그 얼굴에 몸매면 사내 꼬이게 만드는 건 어려운 일이 아닐 거 같은데?"

'아, 악독한 아.줌.마라고?'

사요랑의 고운 눈썹이 역팔 자로 치솟았다. 하지만 곧 눈썹은 제자리를 찾았고, 입가엔 쓴웃음이 떠올랐다.

패배한 마당이다. 아줌마가 대수랴.

그녀의 입술이 움직였다.

뒤의 질문은 대답할 필요를 느끼지 못했지만 앞의 질문은 답해주어야 했다.

"오도칠의 말은 사실이야. 시간이 지나야 네 형은 깨어날 거야. 그전에는 나도 깨울 방법이 없어."

화태건은 초조한 표정으로 물었다.

"이런 일 시킬 정도면 미혼약을 해독할 수 있는 방법은 당연히 알고 있어야 하는 거 아니야?"

"되는 일이 있고 안 되는 일이 있어, 작은 소협. 조르고 소리

106

친다고 안 되는 일을 되게 할 수는 없는 거라고."

힘이 없는 음성이었다: 하지만 사요랑의 말에는 가슴을 울렁이게 만드는 묘한 여운이 있었으며, 창백한 얼굴에서는 농염함이 은은히 배어 나왔다.

화태건을 향한 그녀의 시선은 간간이 산하를 힐끔거렸다.

그녀에게는 아직 남아 있는 비장의 한 수가 있었다. 그것이 통하기만 한다면 전세는 단숨에 역전될 터였다.

그녀의 눈가에 분홍빛 기운이 안개처럼 깔렸다.

'흥! 놀라운 외공을 소유하고 있긴 하지만 너희도 사내인 것은 분명하니 이 수법을 견딜 수는 없을 것이야.'

분노와 초조함에 흐트러져 있던 화태건의 얼굴이 붉어졌다. 그리고 그의 두 눈이 몽롱하게 풀어지며 사요랑의 얼굴에 고정되었다.

그때였다.

"당장 그 시원찮은 열락환희공(歡喜歡喜功)을 거두지 않으면… 한 대 맞게 될 거요."

낮게 가라앉은 무거운 음성이 관제묘를 웅웅 울렸다.

사요랑의 안색이 대변했다.

그녀는 경악이 가득한 눈으로 산하를 돌아보았다.

철탑처럼 선 채 그녀를 내려다보고 있는 산하의 얼굴이 그녀의 눈에 들어왔다.

"흡!"

그녀는 다급히 숨을 삼켰다.

부스스 헝클어진 머리 때문에 싸울 때 스치듯 보기만 했던 산하의 눈과 정면으로 마주친 때문이었다.

산하의 눈은 더 이상 순해 보이지 않았다.

황소처럼 맑고 순하게 껌벅이던 그의 두 눈엔 강철처럼 단단하고 무저갱처럼 깊은 신광이 번뜩이고 있었다.

사요랑은 질린 얼굴로 눈을 내리깔았다. 정체를 알 수 없는 전율이 등골을 타고 치달려서 감히 산하의 눈을 계속 볼 엄두가 나지 않았던 것이다.

화태건은 어리둥절한 얼굴로 산하와 사요랑을 번갈아 보았다. 그가 산하를 보았을 때 산하의 눈은 평소처럼 순하게 껌벅이는 황소의 눈으로 돌아와 있었다.

그와 오도칠을 비롯한 흑의인들, 그리고 사요랑의 일행인 여인들은 사요랑이 느꼈던 산하의 기세를 느끼지 못했다.

사요랑은 화태건의 태도에서 그것을 확연하게 깨달았다.

그녀의 마음에 두려움이 차올랐다.

'기세를 선택한 사람에게만 투사할 수 있는 경지에 도달한 사람? 이게 말이 돼? 궁주님도 아직 그런 경지에 도달하지는 못했다고 알고 있는데…….'

한 번의 오판이 가져온 참담한 결과를 몸으로 겪은 그녀다. 그녀는 속단하지 않기로 했다.

그녀의 생각이 이어졌다.

'게다가 어떻게 열락환희공을 알고 있을 수가 있지? 이 무공의 명칭을 알고 있는 사람은 본 궁에서도 사부님과 사자매

열일곱 명밖에 없는데.'

촉촉한 물기가 흐르던 그녀의 눈과 피부가 건조해졌다.

기세를 선택적으로 투사하는 능력은 잊혀졌다. 그보다 더 중대한 일이 생긴 것이다.

산하가 그녀가 사용한 무공을 알고 있는 연유는 반드시 알아내야만 하는 일이었다.

사요랑은 두 여인의 부축을 받으며 일어섰다.

"오도칠."

오도칠이 인상을 와락 썼다. 남들이 쓰레기라 욕하는 짓을 업으로 삼고 살아가는 그였지만 그래도 독아강이라는 한 무리의 우두머리가 아닌가.

그리고 싸움이 있기 전에는 말을 높이던 여인이다. 그래서 더 기분이 나빴다.

'내가 네가 기르는 개새끼냐! 수하들 앞에서 이름을 막 불러대고 그래? 이 쌍⋯⋯.'

속에 열불이 났다. 하지만 그는 순식간에 표정을 안정시켰다.

여인은 그가 상대할 수 없는 무공의 소유자였고, 여인의 배경은 더 그랬다. 무엇보다도 그녀는 아직 그가 받지 못한 대금을 지불해 줄 전주(錢主)였다.

"왜 그러슈?"

"먼저 떠나. 나는 저분 소협과 나눌 얘기가 있다."

"대금을 주시면 가지 말라고 해도 갈 거유."

억제하고 있다 해도 심사를 읽을 수 있게 하는 퉁명스러운 어투.

사요랑의 눈매가 날카롭게 곤두섰다.

화가 난 것이 분명했다. 그러나 이어 나오는 그녀의 음성은 오히려 조곤조곤했다.

"일을 이 지경으로 만들어놓고 대금을 요구해? 오도칠, 가라고 할 때 가라. 나중에 관 보며 후회하지 말고."

명백한 협박이다.

순간적으로 오도칠의 얼굴에 갈등의 기색이 떠올랐다. 잠시 후 마음을 정한 그가 말했다.

"꼬였다는 건 인정하겠수만 절반은 주슈. 우리도 먹고살아야 하지 않겠수?"

그도 여인의 배경이 무섭긴 했다. 그렇다고 말 몇 마디에 꼬리를 말고 도망칠 수도 없는 일이었다. 소문이 나면 앞으로 그는 흑도에서 밥 빌어먹고 살기 어렵게 되기 때문이다.

돌아가는 모양새를 물끄러미 지켜보던 산하가 한 발 앞으로 나섰다.

그가 움직이는 것을 보자마자 사요랑과 오도칠의 입이 꿀먹은 벙어리처럼 굳게 닫혔다.

두 사람의 말다툼은 산하가 용인해야 가능했다.

그들은 그 사실을 뼈저리게 느꼈다. 입을 다물고 산하의 눈치를 살피면서.

산하가 오도칠을 보며 말했다.

"돈은 포기하고 다시는 이런 짓 하지 마시오. 만약 이런 짓을 다시 한다는 소문이 내 귀에 들리면 또 나를 보게 될 것이고, 오늘처럼 간단하게 끝나지 않을 거요."

사요랑의 협박에 비하면 정말 부드러운 말투였다.

오도칠은 고개를 절반쯤 숙인 채로 눈을 위로 치켜올려 산하의 눈을 힐끔 보았다.

다음 순간 그의 안색이 시체처럼 창백해졌다.

그를 보며 껌벅이는 산하의 맑은 눈.

그 너머에 소용돌이치고 있는 무엇인가를 그는 보았다.

오도칠의 얼굴에서 핏기가 가셨다.

꿀꺽.

침을 삼킨 그가 정신없이 고개를 끄덕였다.

"알겠습니다, 대협. 다시는 이런 일로 대협의 귀를 어지럽히지 않겠습니다."

산하는 뒷머리를 긁적이며 어색하게 웃었다.

대협이라는 낯선 말에 손발이 오글거렸다. 그래도 오도칠이 남자 인신매매를 하지 않겠다고 말하니 다행이다 싶었다.

얼굴이 파리하게 변한 오도칠과 수하들은 산하를 향해 이마가 땅에 닿도록 허리를 꺾으며 넙죽 인사했다. 그리고 다리가 보이지 않을 만큼 빠른 속도로 관제묘를 떠났다.

하지만 관제묘의 입구를 나서는 오도칠의 눈에는 희미하긴 하지만 분명한 독기가 떠올라 있었다.

그들이 떠난 후 산하의 시선이 사요랑을 향했다.

"많이 아픕니까?"

"견딜 만… 하군요."

사요랑은 산하의 시선을 정면으로 받으며 대답했다. 괴이하게도 그녀의 눈가엔 잔떨림이 계속 일어나고 있었는데, 그 기색이 심상치 않았다.

다행이라는 표정으로 고개를 끄덕인 산하가 말했다.

"그럼 떠나시오."

그와 화태건은 떠날 형편이 아니었다. 정신을 차리지 못하고 있는 다섯 사내를 지켜야 했다.

사요랑을 부축하고 있던 두 여인은 떠나려는 듯 몸을 움찔했다. 하지만 사요랑은 미동도 하지 않은 채 산하만 쳐다보았다. 두 여인은 의아해하며 움직임을 멈추었다.

사요랑은 상당히 긴장한 듯 딱딱하게 굳은 얼굴로 잠시 산하를 보고 있다가 말문을 열었다.

"대협, 소첩은 열락궁(悅樂宮)의 사요랑이라고 해요. 소첩이 펼친 열락환희공을 어떻게 알고 계신 건지 대협의 대답을 듣기 전에는 소첩은 이 자리를 떠날 수 없어요."

산하는 눈을 껌벅이다가 난처하다는 표정으로 뒷머리를 긁적였다.

"그건 대답할 수 없는데……."

사요랑이 작게 한숨을 내쉬었다.

어느 것이 산하의 본모습인지 감이 잡히지 않았다.

싸움을 하고 그녀가 펼친 열락환희공을 한눈에 알아보았을 때의 모습이 본모습인지 지금의 어수룩한 모습이 본모습인지, 아니면 두 가지 모습 모두가 본모습인지.

갑자기 놀랄 일이 벌어졌다.

사요랑이 무릎을 털썩 꿇은 것이다.

"제발 알려주세요. 어떻게 소첩이 펼친 무공을 알아보셨는지… 제발……."

의외의 사태에 산하보다 더 놀란 화태건이 멍청하게 눈을 깜박였다. 그는 산하의 옆구리를 팔꿈치로 쿡 찌르며 소곤거리듯 물었다.

"형님, 저 여우같은 아줌마가 왜 저러는 겁니까?"

산하는 말없이 고개를 저었다.

화태건이 보기에 산하는 여인이 왜 저러는지 이유를 알지만 대답할 수 없는 사정이 있는 듯했다.

산하는 말없이 바닥에 누운 다섯 명의 사내를 차곡차곡 포개더니 짚단을 들어 올리듯 가볍게 들어 어깨에 걸쳤다. 행낭에 사내 다섯이 더해져 무게가 어마어마할 텐데 산하는 무거움을 느끼는 기색이 전혀 아니었다.

그가 말했다.

"저 여자들은 안 갈 거다. 우리가 가야겠다."

"예… 예……."

영문을 알 수 없었지만 어쨌든 화태건은 산하를 따라 관제묘를 나섰다.

사요랑은 다급하게 자리에서 일어서려다가 그 자리에 쓰러졌다.

내상 때문이었다.

화들짝 놀란 두 여인이 사요랑을 부축했다.

"안 돼. 그렇게 가시면… 안 돼……."

그 음성이 얼마나 절박했는지 화태건은 걸음을 멈출 뻔했
다. 산하가 멀어져 가고 있지 않았다면 그는 걸음을 멈추고 관
제묘로 돌아가 사요랑에게 이유를 캐물었을 것이다.

그의 가슴은 의문으로 가득 찼다.

산하와 화태건이 떠난 관제묘에 남은 사요랑은 입술을 깨물
며 빠르게 품을 뒤져 천 조각 하나를 꺼냈다. 그리고 그 위에
자신의 피로 무언가를 적어 내려갔다.

그녀는 천 조각을 다른 천으로 단단하게 감싼 후 왼쪽의 여
인에게 주며 말했다.

"고안향(鄕)의 동 사매에게 이것을 가져다주어라. 그리고
무슨 방법을 써서든 본 궁에 최지급으로 전해야 하는 것이라
고 전해주거라."

천을 건네받은 여인이 어리벙벙한 얼굴로 되물었다.

"낭랑, 대체 무슨 일이시기에?"

"묻지 말거라. 나도 대답할 수 있는 일이 아니다."

그 말을 끝으로 입을 다문 사요랑은 산하가 사라진 방향을
보며 시선을 떼지 못했다.

'강호상에서 열락환희공을 알아볼 수 있는 사람은 사부님
께 사사한 열일곱 명의 자매밖에 없다. 강호인들은 열락환희

공을 그저 색공이 가미된 섭혼술의 일종으로만 알 뿐 그 명칭은 알지 못한다. 사부님께서는 강호에서 열락환희공의 이름을 아는 사람을 만나면 반드시 그를 궁으로 데려와야 한다고 하셨다. 궁의 명운이 그에게 달려 있다고 하시며……'

사요랑의 머릿속은 복잡했다.

그녀가 알고 있는 것은 그리 많지 않았다.

그러나 그녀는 자신을 비롯한 자매들에게 열락환희공과 관련된 얘기를 해주던 당시의 스승이 얼마나 진지하고 엄숙했는지 분명하게 기억하고 있었다.

다섯 명의 사내를 짐짝처럼 어깨에 메고 가는 산하를 미안한 눈으로 살피며 걸음을 옮기던 화태건이 말했다.

"형님, 저도 두 명 정도는 들고 갈 수 있어요."

산하는 자신의 목에도 오지 않는 화태건의 가녀린(?) 어깨를 힐끗 내려다보았다.

"됐다."

그 대답으로 산하가 자신을 어떻게 보는지 뼈저리게 깨달은 화태건은 자신도 모르게 웃고 말았다.

산하에게 그는 어린아이에 불과한 것이다.

'형님, 저도 살던 곳에서는 여자들의 시선을 한 몸에 받을 만큼 잘나가던 남자라고요.'

물론 산하에게는 씨도 안 먹힐 말이기에 화태건은 생각을 입 밖으로 내지 않았다.

한 번도 느껴본 적이 없는 묘한 기분이 그의 마음을 채웠다. 아버지 같고 형 같기도 한 사람이 그를 지켜주는 그런 기분.

벙긋벙긋 웃던 화태건이 호기심으로 눈을 빛내며 물었다.

"형님, 그런데 그놈들한테 왜 존댓말을 쓰신 거예요?"

"존댓말? 아, 그거?"

화태건은 불끈 쥔 주먹으로 허공을 쳤다.

"형님, 그렇게 나쁜 놈들한테는 말을 높일 필요가 없어요."

"그래도 나보다 나이들이 많았잖냐."

"인신매매로 이득을 취하려는 사악한 흑도의 무리라구요. 한주먹에 박살을 내도 시원찮을 놈들인데 나이가 많다고 존댓말을 해주는 건 너무 잘 대해주시는 거라구요."

산하는 뒷머리를 긁적였다.

화태건의 말을 이해하지 못하는 건 아니었다. 하지만 그게 산하에게는 말처럼 쉬운 일이 아니었다.

그를 신줏단지 모시듯 하며 공경하는 사람들 중 절반이 산적이었다. 친형제보다 더 그를 아끼는 사람 중의 한 명은 산적 두목이었고.

그리고 산적은 당연히 흑도의 무리다.

그런 환경에서 자란 터라 산하가 흑백을 구분하는 시각은 다른 사람과 많은 차이가 있었다.

"그들이 한 짓은 나쁘지만 그래도 사람 아니냐. 개과천선할 기회는 줘야지."

"개… 개과… 천선이요?"

산하의 대답은 달라지지 않았다.

"응."

기함한 얼굴이 된 화태건은 주먹으로 자신의 턱을 후려쳤다. 그러지 않으면 턱관절이 빠질 것 같았기 때문이다.

주먹 하나가 충분히 들어갔다 나올 정도로 크게 벌어져 있던 입이 조금 작아졌다.

그래도 그의 얼굴에 떠오른 황당한 기색은 사라지지 않았다.

산하의 입에서 나오리라고는 생각지도 못한 말을 들은 것이다. 물론 산하라고 그 말을 하지 말란 법은 없다.

화태건의 눈이 산하의 아래위를 바쁘게 오르내렸다.

'형님 외모에 개과천선이라니…… 이렇게 어긋난 조합이… 정말 무시무시한 이질감이 느껴진다.'

아무리 보아도 눈빛만 빼면 산하는 사찰의 정문 좌우에 늘어선 사천왕도 울고 갈 분위기의 사내다.

그를 척 보았을 때 떠오르는 말은 박살, 초토화, 시산혈해 이런 것들이다. 그리고 그 말이 잘 어울리는 외모였다. 물론 눈은 빼고.

아무리 그래도 개과천선이라니…….

화태건이 볼멘소리로 말했다.

"사람 마음이 다 형님 마음 같지는 않다구요. 아마 지금쯤 그 인간들은 형님한테 보복할 궁리를 하고 있을 걸요."

산하가 흰 이를 드러내며 싱긋 웃었다.

"그거야 그 사람들 마음이지. 하고 싶으면 하라 그래."

"예?"

"나를 가르친 스승님께서는 오는 사람 막지 말고 가는 사람 잡지 말라고 말씀하셨다."

화태건이 입을 헤벌렸다.

"아니, 그 말씀이 어떻게 이런 경우에 적용된답니까?"

"안 될 건 뭐 있겠냐. 흐흐흐."

산하의 낮고 굵은 웃음소리가 평원에 울려 퍼졌다.

화태건이 투덜거렸다.

"형님 몸이 아무리 튼튼(?)해도 뒤통수치는 놈들은 상대하기 어려워요."

"그건 뭐, 뒤통수 맞아보면 알겠지."

산하는 여전히 태평했다.

산하의 속을 들여다볼 재주가 없는 화태건은 고개를 휘휘 젓는 것밖에 할 수 있는 것이 없었다.

'착하서서 그런 건지… 상대를 너무 경시해서 그런 건지… 아니면 다른 생각이 있으서서 그런 건지 도통 알 수가 없네. 으휴.'

하지만 그는 깊이 생각하지 않았다.

산하의 진면목 중 일부를 본 그였다.

산하에 대한 그의 믿음은 산하가 콩을 팥이라고 하면 무조건 믿을 정도에 도달해 있었다.

그들이 걸음을 멈춘 것은 관제묘에서 이십여 리 떨어진 초원에서였다.

산하는 다섯 사내를 바닥에 눕히고 그 옆에 벌렁 드러눕더니 팔베개를 했다. 사내들이 깨어나려면 시간이 필요했다.

다섯 명을 들고 이십 리를 걸었는데도 그의 호흡은 평소와 같았고, 땀 한 방울 흘리지 않았다.

가공하다 못해 끔찍한 체력이었다.

화태건은 눕혀놓은 형 화태관의 호흡을 살펴본 후 산하의 옆에 쪼그리고 앉았다.

요리조리 산하를 훑어보는 그의 눈에는 경외의 기색이 떠올라 있었다.

보면 볼수록 인간 같지 않은 산하였으니까.

고개 숙여 산하와 눈을 맞춘 그가 물었다.

"형님, 그 여자들 말입니다. 남자를 납치하라고 흑도 무리에게 사주한 여자들인데 징치해야 하지 않았을까요?"

화태건을 올려다보는 산하의 입가에 쓴웃음이 번졌다.

"원래는 그런 짓 하는 여자들 아니다."

"예?"

"온전치 못한 무공을 배운데다 사기(邪氣)의 침입을 받아서 그래. 그렇지 않았다면 그런 짓 할 이유가 없는 여자들이다."

화태건이 고개를 갸웃했다.

"무슨 말씀이신지 잘 모르겠지만 어쨌든 납치한 사내들을 데려가려고 했지 않습니까? 형님이 말씀하신 그 열락환희공이라는 무공 이름과 하는 짓을 생각하면 채양보음하는 음녀들

같은데요?"

그렇게 생각할 수밖에 없는 상황이고 사람들이었다.

그리고 그의 생각이 옳다면 일은 가볍지 않았다.

채음보양이든 채양보음이든 그걸 당하는 여자나 남자는 정기를 쪽 빨리고 뼈만 남아 죽는다고 알려져 있지 않은가.

정도무림에서는 채화음적으로 밝혀진 자는 발견 즉시 척살하는 걸 당연시할 정도다.

하지만 산하는 가볍게 고개를 저었다.

"본래 남자를 좋아하긴 하지만 채양보음하고는 상관없는 여자들이야. 저 남자들 데리고 갔어도 그리 심한 일은 당하지 않았을 거다. 그리고 지금 그녀들이 남자를 필요로 하는 건 다른 이유가 있어서야."

"그게 뭔데요?"

"……."

산하는 대답하지 않았다.

대신 푹 한숨을 내쉬었다.

그는 말없이 밤하늘에 시선을 주었다.

'아무래도… 말을 잘못한 것 같다. 그 무공을 알아보았다는 눈치를 보이는 게 아니었는데……'

밤하늘에 조금 괴팍했지만 늘 유쾌하고 온화했던 노인의 모습이 떠오르고 있었다.

그 노인은 스승이 아니었다.

산하의 눈가에 깊은 그리움의 빛이 스쳐 지나갔다.

노인이 옆에 있었던 시절, 산하는 스승의 회초리를 덜 맞을 수 있었다.

이마에 젖비린내도 가시지 않은 아이를 길이 일 장에 굵기는 오리 알만 한 쇠몽둥이로 복날 개 잡듯 하루 종일 패는 게 인간이냐며 스승을 타박하던 노인.

산하의 앞을 막아서는 노인에게 회초리를 아끼면 애를 버린다며 거침없이 회초리를 휘두르던 스승.

두 노인이 다투는 동안 산하는 쉴 틈을 얻었다.

그 시절은 삼 년밖에 이어지지 않았지만 산하에게는 잊을 수 없는 추억이었다.

'일 났다. 그 어르신네는 당신의 이름이 다시 세상 사람들의 입에서 오르내리는 걸 원하지 않는다고 하셨는데…….'

산하는 주먹으로 자신의 머리를 쥐어박았다.

쿵.

'천하는 끝없이 넓은 것처럼 보이지만 때때로 손바닥처럼 좁기도 하다는 파룽 형님 말씀이 맞았어. 이런 곳에서 열락환회공을 쓰는 여자를 볼 줄이야. 앞으로는 될수록 사람 눈에 띄지 않게 다녀야겠다. 그 여자 기색으로 봐서는 몸이 나으면 뒤를 쫓아올 기세였어.'

해서는 안 되는 말을 했다는 것은 그가 경험이 부족했기 때문이지 어리석어서가 아니었다. 하지만 어느 쪽이든 마음에 안 들기는 매한가지였다.

"형님, 일곱 번째입니다."

화태건의 뜬금없는 말에 산하는 추억과 상념에서 깨어났다.

"뭐가?"

"한숨 쉰 횟수요."

"그랬냐?"

산하는 씨익 웃었다.

한숨이라니.

그와는 거리가 먼 말이었다.

화태건의 말에 산하는 자신이 너무 많은 생각을 하고 있었다는 것을 깨달았다.

고민 끝에 악수 둔다는 말도 있지 않은가. 게다가 산하는 생각을 많이 하는 유형의 사내가 아니었다.

누워 있는 다섯 사내를 돌아본 산하가 말했다.

"이제 깨어날 때가 되었군."

산하가 굼실거리며 자리에서 일어나 엉덩이를 털었다.

그 몸짓이 화태건을 긴장시켰다.

"왜요, 형님?"

"가야자."

"예?"

"네 형 구했잖아."

산하의 말뜻을 이해한 화태건은 화들짝 놀라 팅기듯 일어났다.

"…혀… 형님."

그는 자신이 산하와 함께한 며칠 동안 얼마나 산하에게 정이 들었는지 깨달았다. 갑작스런 산하의 이별 선언으로 그의 머릿속은 텅 비다시피 했다.

산하는 구릿빛 피부 덕에 더 하얗게 보이는 흰 이를 드러내며 싱긋 웃었다.

"만나는 날이 있으면 또 헤어지는 날이 있는 거라더군."

화태건의 몸통만 한 행낭을 수건 집듯 가볍게 집어 어깨에 둘러멘 산하는 걸음을 옮겼다.

"간다."

홀로 남은 화태건은 말도 못하고 망부석처럼 그 자리에 굳어버렸다. 선선한 밤바람이 화태건의 망연자실한 얼굴을 어루만지며 지나갔다.

동쪽 하늘 밑으로 어스름한 여명이 밀려오고 있었다.

폭 삼 장가량 되는 개천가에서 걸음을 멈춘 산하의 시선이 동쪽을 향했다.

"벌써 해가 뜨려 하는군."

산하는 지난밤을 생각하며 흘러내리려는 행낭을 추슬렀다.

개천은 맑았다.

깊이도 넉 자를 넘지 못했는데 물밑의 돌이 그대로 다 보였다.

아직 어두웠지만 산하는 개천에 비춰진 자신의 모습을 볼 수 있었다. 칠흑처럼 어두운 밤에도 십 장 밖의 개미가 기어가는 것을 보는 그의 안력이다.

어려운 일이 아니었다.

'어제 정말 스승님이 떠나셨다는 걸 실감했다.'

그의 눈가에 그리움의 빛이 스쳐 지나갔다.

만약 다른 사람이 그가 스승과 함께한 날들을 보았다면 지옥이 따로 없었을 거라고 했을 것이다.

보통 사람이라면 단 일각도 버틸 수 없는 수련이 끝없이 반복되던 날들이었으니까.

그러나 그에게는 무엇과도 바꿀 수 없는 소중한 시간이었다.

산하는 왼손을 들어 주먹을 꾹 쥔 후 가만히 들여다보았다.

크고 두텁지만 길고 균형 잡힌 손가락 때문인지 둔해 보이지 않는 손.

산하의 입가에 떠오른 미소가 커졌다.

그는 풀썩 웃었다.

"후훗, 유 노야의 말씀이 맞을지도 모르겠다."

그가 말한 유 노야는 스승과 시도 때도 없이 다투던 바로 그 노인이었다.

유 노인은 열한 살의 산하를 무릎 위에 올려놓고 머리를 쓰다듬으며 말했었다.

"산하야, 네 스승은 평생 가부좌 튼 불상만 쳐다보며 산 때문인지 의외로 멍청한 데가 있어서 오로지 네 녀석 명줄만 생각하지. 그래서 정작 그 자신이 너를 어떻게 키우고 있는지는 제대로 보지 못해. 내가 볼 때 너는 천생 무골이야. 싸우지 말라고 아무리 금제를 걸어놓아도 너는 싸울 수밖에 없는 녀석이야. 그게 네 녀석의 업(業)인 것을 어쩌겠냐. 다행인 것은 네 녀석 속이 착하다는 거지. 네 녀석이 나 같았으면 천하의 미래는 악몽이 될 게 분명하니까. 무슨 말이냐고? 흐흐흐, 지금 궁금해할 필요 없다. 후일 네 머리가 커서 스스로 삶을 헤쳐 나가야 할 때가 오면 이 할애비 말이 무슨 뜻인지 저절로 알게 될 게다."

유 노인이 그에게 해주었던 말은 들릴 듯 말 듯 작아지며 끝이 났다.

"그런데 명색이 부처 발끝만 보며 평생을 살아온 네 스승이 정말 너의 업을 모르고 있는 건지… 믿을 수가 없단 말이야. 부처가 구렁인가? 네 스승 뱃속은 구렁이를 몇 마리나 우겨넣어 놨는지 도통 속을 알 수가 없어."

흑의인들의 칼이 몸으로 떨어지던 순간 산하는 자신의 온몸을 타고 흐르던 전율을 기억했다.
그것은 긴장이나 투지였을 수도 있지만 정확하게 무어라 형용하기 어려운 느낌이었다.
그러나 그 복잡다단했던 느낌 속에서 산하는 자신의 정신과 육체가 한겨울 얼음물 속에 들어갔을 때보다 더 명징하고 화산보다 더 격렬하게 깨어나는 것을 보았다.

그 차갑고 격렬했던 느낌은 시간이 흐른 지금도 마치 그의 영혼에 각인되기라도 한 것처럼 잊히지 않았다.

산하는 머리를 휘휘 저었다.

'스승님께서는 안심하며 눈을 감으셨지만 확신할 수 없는 일이다. 제일 좋은 건 가능하면 싸우지 않는 거야. 평생 한 번도 남과 다투지 않고 사는 사람도 적지 않다고 들었는데 나라고 그렇게 살지 말란 법은 없지.'

이어지려던 산하의 생각은 멀리서 난데없이 들려온 커다란 외침에 막혔다.

"형님! 형… 님! 헥헥!"

"응?"

고개를 돌린 산하는 혀를 빼물고 쓰러질 듯 헉헉거리며 달려오는 화태건을 볼 수 있었다.

이백여 장의 거리를 전력질주로 달려온 화태건은 온몸이 땀범벅이 되어 산하의 앞에 도착하자마자 그를 껴안을 것처럼 팔을 벌리고 달려들었다.

당연히 산하는 피했다.

양팔로 허공을 휘젓던 화태건은 거품을 물고 쓰러져 버렸다.

산하는 화태건의 옆에 쭈그려 앉았다.

"너, 뭐 하냐?"

"헥헥… 헥! 반 시진을… 한 번도 안 쉬고… 뛰었다구요! 제가 형님 같은… 괴물인 줄… 알아요!"

산하의 손이 화태건의 가슴을 부드럽게 두어 번 쓸었다. 화태건의 숨결이 확연할 정도로 안정되었다.

놀라운 능력이었지만 이제 화태건은 산하가 무엇을 하든 놀라지 않을 심장을 갖게 된 후다.

산하가 물었다.

"왜 왔어?"

큰대자로 누운 화태건이 산하를 올려다보며 대답했다.

"아까 회자정리(會者定離)라고 하며 떠나셨죠? 그런데 그 말 뒤에는 꼭 거자필반(去者必返)이라는 말이 붙는다구요."

화태건의 말에 산하는 싱긋 웃었다.

"둘째 형은 어쩌고?"

"일어나서 절 보고 인상 쓰더니 왜 구해주었냐고 길길이 뛰던데요?"

"왜?"

"미혼약을 먹기 전에 독아강인가 하는 놈들이 하는 얘기를 들은 게 있었나 봐요. 꽃밭으로 갈 게 분명했는데 제가 일을 망쳤다고 저한테 얼마나 화를 내던지. 하마터면 맞아 죽을 뻔했어요. 그러더니 남창에 끝내주는 기녀가 있다면서 가버렸어요. 집에 연락하면 절 죽여 버린다는 협박도 하구요."

산하는 어이가 없어 헛웃음을 흘렸다.

"희한한 형이로구나."

"원래 그래요. 주색잡기 빼면 시체인 사람이라. 쩝."

혀를 찬 화태건이 일어나 앉았다.

산하도 엉덩이를 땅에 붙이고 앉았다.

화태건이 산하 앞에 단정하게 무릎을 꿇었다.

산하는 눈을 껌벅이며 이 녀석이 뭔 말을 하려고 이러나 하는 기색으로 화태건을 보았다.

화태건은 고개를 숙였다 들었다 하며 산하의 눈치를 슬슬 살폈다. 잠시 후 목과 어깨에 잔뜩 힘을 준 화태건이 목소리에 무게를 잔뜩 잡으며 말했다.

"형님, 드릴 말씀이 있습니다. 꼭 허락해 주세요."

"말하기 전에 일단 목에 힘 좀 빼라. 목 부러지겠다."

산하가 피식 웃으며 말하자 화태건의 어깨가 축 늘어졌다. 분위기가 완전히 망가진 것이다.

화태건은 목과 어깨의 힘을 뺐다. 그리고 다시 산하의 눈치를 살피며 실없이 헤헤거렸다.

"말해봐."

어느새 산하에게 전염된 뒷머리 긁기를 하던 화태건이 말했다.

"저 좀 데리고 가주세요."

"어딜?"

"어디든지요."

"왜?"

"형님하고 다니는 게 그냥 좋아요."

"나 남자야."

산하가 크고 맑은 눈을 껌벅이며 대답하자 화태건이 가슴을 두드렸다.

"그런 뜻이 아니라구요!"

산하가 풀썩 웃었다.

그가 물었다.

"집은 어쩌고?"

"저 없어도 걱정할 사람 없어요. 잘 돌아가고요."

"형만 희한한 게 아니라 너도 그렇구나."

"저희 집 사람들이 원래 그래요."

쪼그리고 앉아 팔짱을 낀 모습으로 잠시 생각에 잠겼던 산하가 말했다.

"네 형은 그렇다 치고, 너는 왜 가출한 거냐?"

화태건의 어깨가 움찔거렸다. 그는 산하의 눈치를 살폈다. 산하는 맑고 담담한 눈으로 그를 보고 있었다.

화태건은 고개를 푹 숙였다.

"죄송해요. 형님을 속이려는 건 아니었어요."

"알고 있다. 말하기 어려운 거냐?"

"그건 아니에요."

화태건은 고개를 저었다. 산하에게 캐물을 생각이 없다는 건 그의 기색을 볼 때 명확했다. 하지만 형님으로 모시기로 작정한데다 몸을 의탁하고자 하는 마당이었다. 숨길 이유가 없었다.

그가 말했다.

"사실 둘째 형이 가출한 이유와 제가 가출한 이유는 조금 달라요. 형은 취미인 주색잡기를 못하게 하는 집안 어른들이 싫어서 가출한 거지만 저는 누나를 찾기 위해서 가출했어요."

"누나?"

"예."

화태건이 조금 어두운 얼굴로 고개를 끄덕이며 말을 이었다.

"누나는 제게 어머니와 같은 분이세요. 그런데 사정이 있어서 제가 열 살 때 집을 떠났고, 그 후로 연락이 끊겼어요."

"흠… 어디에 있는지는 아냐?"

"아니요."

화태건은 고개를 저었다.

산하는 가만히 고개를 숙인 화태건의 이마를 바라보다가 흰 이를 드러내고 싱긋 웃었다.

그가 말했다.

"자는 거, 먹는 거 다 부실할 거다."

허락이었다.

화태건은 환한 얼굴로 고개를 들었다.

산하와 함께하면 고기 먹을 날이 확 줄어들 거라는 건 의심의 여지가 없었다.

그와 동행한 며칠 동안 화태건은 그가 고기 종류를 먹는 걸 보지 못했다.

그는 언제나 행랑 안에 들어 있는 이름을 알 수 없는 풀뿌리만 씹어댔다. 풀뿌리라면 질색하는 화태건은 준비해 가지고 왔던 육포를 먹었고.

풀만 먹어서 어떻게 저 몸집을 유지하는지 불가사의했다.

130

게다가 산하는 아무 데서나 누워서 잤다. 풀이 없는 맨땅 위에서도 그는 머리만 땅에 대면 바로 곯아떨어졌다. 그 이상 편한 잠자리가 없다는 듯한 얼굴로.

화태건이 볼 때 산하의 체질은 고금에 드문 특이체질이었다.

여러 가지 난관이 기다리고 있다는 걸 깨달았지만 화태건의 마음은 더 굳어졌다.

크고 맑은 눈이 그를 보고 있었다.

저 눈과 함께할 수 있다면 그는 지옥까지라도 갈 수 있을 것만 같았다.

"설마 형님이 저를 굶겨 죽이기야 하겠어요?"

산하와 화태건은 서로를 보며 웃었다.

산하가 화태건의 어깨를 한 손으로 잡아 일으키며 자신도 일어섰다.

"좋을 대로 해라. 가고 싶으면 가고 머물고 싶으면 머무는 거지. 누가 말리겠냐. 좀 씻고 가자."

"좋죠."

산하도 지난밤의 싸움 이후 씻지 않은데다 화태건은 반 시진을 달리며 땀에 푹 젖은 터라 마다할 이유가 없었다.

화태건은 개천가로 다가가 옷을 홀홀 벗어젖혔다.

성취야 어떻든 어렸을 때부터 무공을 수련한 몸이다. 그의 상체는 적당하게 근육이 붙어 있었다. 나올 곳 나오고 들어갈 곳 들어간 데다 피부가 맑고 하얘서 보기 좋았다.

본인도 자신의 몸매에 자신이 있는지 화태건은 손으로 가슴과 복부의 근육을 쓱쓱 문지르며 어깨에 힘을 주었다.

화태건이 생각난 듯 산하를 돌아보았다. 그리고 어깨를 잔뜩 움츠렸다.

'어휴, 내가 미쳤지. 형님 앞에서.'

번데기 앞에서 주름잡는 격이었다.

산하의 몸에 비하면 그는 그냥 미성숙한 어린아이나 다름없었다.

산하와 자신의 몸을 번갈아 보며 속으로 연거푸 한숨을 내쉬던 그가 산하에게 말했다.

"형님, 여쭤볼 게 있는데요."

행낭을 내려놓고 상의를 벗은 후 반바지에 손을 가져가고 있던 산하가 화태건을 돌아보았다.

"뭘?"

"관제묘에서 싸울 때 말입니다. 왜 벽으로 그놈들을 밀어붙였어요? 그냥 바로 바닥에 넘어뜨리고 눌러 버렸으면 더 빠르고 편했을 텐데요?"

산하가 그런 당연한 걸 왜 묻느냐는 표정으로 화태건을 보며 대답했다.

"남자들이잖아."

"예?"

"남자 위에 올라탈 수는 없잖냐. 난 남자는 싫다."

시큰둥한 어조.

"쿨럭!"

예상치 못한 대답에 숨이 막힌 화태건이 가슴을 쳤다.

어이가 없다는 얼굴로 산하를 돌아보던 화태건의 눈이 화등잔만 하게 커졌다.

산하는 바지를 벗고 있었다.

화태건의 시선이 산하의 허리 아래로 내려가다가 벼락이라도 맞은 것처럼 초점이 세차게 흐트러졌다.

덜컥.

그리고 산하와 함께하는 동안 여러 차례의 위기에도 불구하고 제 형태를 유지하던 그의 턱이 마침내 떨어졌다.

이번은 다른 때와 달랐다.

너무 놀라 엉덩방아를 찧은 화태건은 턱을 바로잡을 생각도 하지 못했다.

얼마나 놀랐는지 쟁반만 하게 커진 그의 두 눈은 금붕어처럼 앞으로 툭 튀어나와 있었다.

그는 주춤거리며 네 발(?)로 땅을 짚으며 허겁지겁 뒤로 물러났다. 그러면서도 그의 시선은 산하에게서 떨어질 줄을 몰랐다.

보기 안쓰러울 정도로 쩍 벌어진 그의 입은 금방이라도 비명을 지를 것처럼 보였다.

'인간이… 인간이… 아니야!'

第五章

강서성 구강현(九江縣).

강서성의 북부 장강변에 있는 구강현은 호남성과 경계가 되는 지역이다. 포양호를 끼고 있어 경관이 아름다웠고, 수륙의 교통이 사통팔달하여 상업이 번성했다.

구강현 내 서쪽으로 난 길을 따라 한 시진 정도를 걸어가면 구강의 활기찬 분위기와는 상반되는 무척 음침하게 느껴지는 지역이 나온다.

대략 사방 칠 리를 점하며 수백여 채의 크고 작은 건물들이 몰려 있는 곳.

구강현의 흑도 문파 대부분이 둥지를 틀고 있어 묵지(墨地)라고도 불리는 지역이 바로 이곳이었다.

독아강의 주인 오도칠은 이곳에 있었다.

그가 있는 곳은 규모가 꽤 큰 삼 층 건물의 삼층 끝 방이었다.

규모는 커도 그다지 잘 정돈되지 못한 방의 내부.

오도칠은 고개를 푹 숙인 채 탁자 건너 의자에 앉아 있는 사내의 사나운 눈길을 온몸으로 받고 있었다.

"뭐라고? 칼로 쑤셨는데 칼이 자끈동 부러지고 칼질한 놈들의 손아귀가 걸레처럼 찢어졌다고?"

의자에 앉아 있는 사내 상명효는 이런 미친놈이 있나 하는 표정으로 오도칠을 위아래로 훑어보며 되물었다.

"그렇습니다요."

오도칠이 지체없이 대답했다.

그러나 그 대답은 오히려 상명효의 속을 더 긁었다. 그가 으르렁거리는 음성으로 소리를 질렀다.

"어디서 술을 개처럼 처먹고 헛것을 보고는 내게 와서 개소리냐! 내가 너무 잘해주니까 만만해 보여? 후회하게 해줄까?"

덩치만큼 성량이 큰 그다.

천장의 대들보에 쌓여 있던 먼지가 우수수 떨어졌다.

본래 상명효의 입은 이렇게 걸지 않았다.

아무리 흑도에 몸담고 있는 그일지라도 현재 그가 맡고 있는 지위는 만만치 않아서 뒷골목을 휘젓고 다니던 시절 썼던 말투를 쓰지는 않는 것이다.

그런 그가 이런 투로 말하는 건 오도칠이 그를 희롱하고 있다고 느꼈기 때문이다.

장황하게 이어진 오도칠의 얘기는 그렇게 생각할 수밖에 없을 정도로 비현실적이었다.

그동안 그가 오도칠에게 적지 않게 얻어먹었기에 망정이지 그렇지 않았다면 오도칠은 벌써 패대기쳐졌을 것이다.

실색한 얼굴로 힐끔힐끔 상명효의 눈치를 보면서도 오도칠은 억울한 표정을 숨기지 않았다.

듣는 사람이 누구든 자기가 한 말을 쉽게 믿을 사람이 없을 거라는 건 그도 알고 있었다.

하지만 사실인 걸 어쩌랴.

그는 할 수만 있다면 자신의 가슴을 열어 심장을 보여주고 싶을 지경이었다.

정말 그렇게 하라고 누군가 말한다면 당연히 그자의 가슴을 두 쪽으로 갈라 버렸을 테지만.

그는 사시를 뜨고 자신을 노려보는 상명효를 향해 연신 포권을 하며 절절한 음성으로 말했다.

"지부장님, 천지신명께 맹세코 제가 드린 얘기는 정말입니다요. 믿어주십시오. 제 명예를 걸겠습니다요."

상명효는 등을 의자에 턱 기대며 어이없다는 표정을 지었다.

"천지신명? 명예? 허, 개 같은 짓을 하는 손을 가진 자들 중 첫째 둘째를 다툰다는 천하의 견행수(犬行手) 오도칠에게 명예라는 것이 있을 줄은 생각도 못했구먼."

대놓고 모욕이다.

포권을 하며 고개를 숙인 오도칠의 눈에 독기가 스쳐 지나갔다. 그러나 그는 자신의 감정을 내색할 정도로 눈치가 없지는 않았다.

오히려 그는 영악하기가 여우보다 더하다는 평을 듣곤 하는 사람이다.

'패력권(覇力拳) 상명효… 이 대추나무 밑에 있다가 벌건 대낮에 벼락 맞아 뒈질 놈아, 네가 강서칠흉(江西七兇)의 첫째이고 마천루(魔天樓) 강서지단의 북부지부장을 맡고 있는 자가 아니었다면 내가 찾아오지도 않았을 거다. 그동안 내가 너한테 상납한 금전이 얼마인데… 제발 나서라… 나서!'

고개를 숙인 오도칠의 음험한 눈빛이 강해졌다.

세상 사람들은 흑도는 무공 센 놈이 장땡이라고 얘기하지만 그건 흑도의 속성을 모르고 하는 흰소리다.

물론 무공이 세면 장땡이 맞다.

하지만 그보다 나은 끗발도 있다.

바로 악과 깡이다.

목에 칼이 들어오고 배가 갈라져도 자신의 내장을 입에 물고 웃을 수 있을 정도의 악과 깡이 있어야 흑도에서 살아남고, 힘을 구축할 수 있다.

그만한 독기가 없다면 언제 어디서 부하에게 칼 맞고 사라질지 모르는 세계가 흑도였다.

오도칠의 무공이 이류 수준에 불과한데도 독아강이라는 조직의 우두머리가 될 수 있었던 것은 그에게 남다른 악과 깡, 즉 배짱이 있었기에 가능했다.

눈앞의 상명효는 있는지 없는지 신경도 쓰지 않는 독아강이지만 그래도 소속 인원이 이십여 명이나 된다.

관심을 보이지 않는 상명효를 힐끗거리던 오도칠은 준비한 패를 사용하기로 했다.

이 패를 구하기 위해 그는 수하들은 물론이고 자신도 발 벗고 나서서 상명효에 관한 뒷조사를 무려 이틀 동안이나 했다.

"지부장님, 그자가 사용한 무공이 소림사의 정종공부인 듯 했습니다요. 저희에게 일을 의뢰했던 열락궁의 계집이 그렇게 말했으니 아마 확실할 겁니다요."

의자에 등을 기대고 고개를 젖힌 채 오도칠의 말을 한 귀로 듣고 흘리던 상명효의 눈빛이 변했다.

그는 튕기듯 허리를 세웠다. 그리고 오도칠을 잡아먹을 것처럼 노려보며 물었다.

"소림의 무공? 그 계집이 뭐라고 했는데?"

"그놈이 사용하는 금나수를 보고 천수금나라고 했습니다요."

오도칠은 산하가 사요랑의 질문을 부인했다는 건 쏙 빼고 말했다.

"천수금나……."

이를 갈며 중얼거리는 상명효의 눈이 원독의 빛으로 물들었다.

'걸렸다!'

상명효의 눈치를 살피던 오도칠의 입가에 회심의 미소가 떠올랐다.

의자에 앉아 있는 상명효의 코는 높이가 양쪽 뺨의 광대뼈와 같았다.

광대뼈가 높이 솟아서는 아니었다.

코가 뭉개져서 그랬다.

코가 멀쩡했다면 꽤 호남형이라는 소리를 들었을 그지만 코가 뭉개진 후로는 기루에서조차 푸대접을 당하는 형편이었다.

그리고 십수 년 전 그의 코를 뭉갠 것은 소림사의 스님이 휘두른 곤(棍)이었다.

오도칠이 마지막으로 쐐기를 박았다.

"이곳으로 오면서 생각해 봤는데, 그자가 사용한 외문기공이 소림사의 철신갑(鐵身鉀)이 아닌가 싶습니다요."

철신갑은 칠십이종절예에 속하지는 않아 이름을 아는 사람이 드물지만 외문기공류의 무공을 익힌 사람들 사이에서는 상승의 공부로 손꼽히는 절기다.

타는 장작에 기름을 부은 격이었다.

과거 상명효의 코를 사정없이 뭉갰던 소림승도 철신갑을 익히고 있었기 때문이다.

일곤의 원한을 갚기 위해 그가 절치부심한 세월이 십여 년이다.

복수를 할 수 있는 무공을 배우기 위해 마천루에도 몸담지 않았던가.

비록 오도칠이 말한 자가 그의 코를 뭉갠 소림사의 땡초가 아닌 게 조금 아쉽긴 해도 어차피 소림 무공을 익힌 자라면 상대가 누구든 관계는 없었다.

소림의 '소' 자만 들어도 자다가 벌떡 일어나는 그였으니까.

그의 눈엔 벌써 그의 주먹에 의해 피 떡이 되어 널브러진 소림 속가제자의 몰골이 선했다.

철신갑과 천수금나를 사용하는 자라면 오도칠이 얘기한 황당한 일을 얼추 가능하게 할 것도 같았다.

상당 부분 과장된 것이라 생각하면서도 상명효는 이제 오도칠의 얘기를 믿었다.

소림이라는 말이 가져온 결과였다.

"으드드득! 소림사의 속가제자라 이거지!"

벌떡.

상명효는 의자의 팔걸이를 세차게 치며 자리를 떨치고 일어났다.

일어선 그는 키가 육 척 오 촌은 됨 직하고 몸무게도 이백오십 근은 나갈 듯한 거구였다.

단지 그가 일어선 것만으로도 방이 가득 차는 듯했다.

게다가 그의 두 눈에서 쏟아지는 살기는 오도칠이 마주 볼 엄두도 내지 못할 만큼 강렬했다.

상명효가 일어서는 동작이 너무 급작스러워 얼결에 고개를 들었다가 그의 눈과 마주친 오도칠은 놀라 고개를 숙였다.

그러나 당황한 듯한 몸놀림과는 달리 고개를 숙인 오도칠의
입가에는 보일 듯 말 듯 득의만면한 미소가 떠올라 있었다.

                    *   *   *

호북성을 일백여 리 앞에 두고 있는 강서성 수수현(修水縣).

정오 무렵 산하와 함께 현 내로 들어선 화태건은 침을 꿀떡
꿀떡 삼키며 객점부터 찾았다.

고안 인근의 평원에서부터 산하와 동행한 지도 벌써 사 일
째.

그동안 그는 한 번도 편안한 잠을 자지 못했고, 제대로 된
식사도 하지 못했다.

당연히 산하 때문이었다.

산하는 걷다가 졸리면 자고, 배가 고프면 행랑에서 풀뿌리
를 꺼내 씹고, 덥다 싶으면 눈에 보이는 개천에 들어가 한 시진
은 놀다 나왔다.

사람이 사는 마을을 만나기도 했지만 산하의 발길은 마을에
서 멈추지 않았다.

그에겐 마을이나 노상이나 다를 게 없는 듯했다.

별수없이 화태건은 산하와 함께 이슬을 맞으며 노상에서 자
고, 텁텁한 건량과 육포를 우격다짐으로 먹으며 이곳까지 왔
다.

무슨 맛으로 먹나 궁금해서 산하를 졸라 몇 개 얻어먹은 풀뿌리의 맛은 오묘했다.

쓰고 떫떠름하고 밍밍하기까지 한 맛.

화태건의 관점에서 산하가 주식으로 먹는 풀뿌리는 절대 음식이라 부를 수 없는 종류의 것이었다.

이걸로 정말 요기가 되느냐며 오만상을 찌푸리고 투덜거리는 그를 보며 산하는 유쾌하게 웃었다.

그리고는 풀뿌리를 가리키며 장복하면 피와 기를 맑게 하고 항마력까지 얻을 수 있는 귀한 약초라고 했다.

그렇지만 아무리 약효가 좋아도 화태건은 풀뿌리를 다시 먹고 싶다는 마음이 눈곱만치도 들지 않았다.

그 이후로 그는 죽으나 사나 건량과 육포만 씹었다.

그렇게 사 일을 보낸 터라 뜨끈한 국물과 부드러운 고기를 생각하는 것만으로도 그는 혀가 녹는 기분이 들 지경에 이르러 있었다.

겉으로 봤을 때 그가 겪고 있는 상황은 열악하기 이를 데 없었다. 그러나 그는 산하와 동행하기로 했던 자신의 결정을 한 번도 후회하지 않았다.

생각해 보면 이상한 일이었다.

그는 혼자 다니면 더 편할 수 있었다.

품에는 남부럽지 않게 먹고 자며 돌아다닐 수 있는 충분한 돈이 있었으니까.

그런데도 산하의 곁에서 풍진노숙과 곰팡내 나는 건량을 마다하지 않으니 남들이 사정을 알면 살짝 돈 놈 취급할지도 모를 일이었다.

그러나 화태건의 길지 않은 십칠 년의 삶 속에서 요 며칠처럼 마음이 편안했던 시절이 없었다는 것을 알게 되면 사람들의 생각도 달라질 것이다.

"형님, 저기 객점에서 점심 먹고 가시죠?"

화태건의 손가락은 삼십여 장 떨어진 곳에 있는 이 층 건물을 가리키고 있었다.

태평객잔.

객잔의 상호를 본 산하가 선선히 고개를 끄덕였다.

"그러자."

십일 년 동안 주식으로 구지속명초(九枝屬名草)를 먹어온 그였지만 다른 음식을 먹지 못하거나 먹어본 경험이 없다거나 하지는 않았다. 굳이 다른 음식을 찾아 먹어야겠다는 생각이 들지 않을 뿐이었다.

'산을 내려왔는데 계속 속명초로 끼니를 해결하는 것은 조금 자제할 필요가 있겠군. 아우도 힘든 것 같고.'

빙긋 웃은 산하는 화태건과 함께 태평객잔을 향해 걸었다.

객잔을 십여 장 남겨두었을 때다.

뚝!

산하는 눈을 껌벅이며 고개를 숙여 아래를 보았다.

그의 무릎 정도밖에 오지 않는 여아가 중간이 부러진 길이 한 자가량 되는 나뭇가지를 들고 그를 올려다보고 있었다.

허름하긴 해도 얼룩 하나 없는 깨끗한 마의를 입은 아이는 눈이 얼굴의 반을 차지할 정도로 컸다. 그리고 약간 마른 몸이지만 피부가 하얗고 오관이 단정해서 귀티가 났다.

그와 눈이 마주친 아이가 말했다.

"아저씨, 사람으로 변신한 곰이지?"

"쿨럭!"

가슴이 답답한 기침을 토한 사람은 화태건이었다.

아이가 아무리 작다 해도 두 사람이 아이를 보지 못했을 리는 없다.

산하는 물론이고 화태건도 나뭇가지를 칼처럼 이리저리 휘두르며 아장아장 걷는 아이를 보긴 했다.

하지만 아이가 나뭇가지로 산하를 찌르리라고는 두 사람 다 생각도 못했다.

화태건이 상황을 알아차린 것은 걸음을 멈춘 산하를 뒤로하고 두어 걸음 더 앞으로 나간 후였다.

산하야 아이가 그의 다리로 접근할 때부터 알고 있었고.

그는 아이가 나뭇가지로 자신의 정강이를 찌르는 것도 알았다. 하지만 피하지 않았다.

미간을 직격하는 화살도 피하지 않는 그다.

손놀림도 어색한 네댓 살짜리 아이의 조막만 한 나뭇가지를 피할 리가 없었다.

산하는 뒷머리를 긁적였다.

"곰 아닌데?"

아이가 앙증맞은 입술을 삐죽이며 고개를 갸웃했다.

자신의 생각이 틀린 것이 마음에 들지 않는 듯했다.

"진짜?"

"응."

"그럼 구미호야?"

곰과 구미호가 어떻게 연결될 수 있는지 곰곰이 생각해 보던 산하는 도저히 그 연결점을 찾지 못하고 아이에게 말했다.

"구미호도 아니야."

석 자도 채 안 되는 아이가 칠 척의 거한을 올려다보는 게 쉬울까.

물론 어려운 일이다.

고개를 완전히 뒤로 젖히고 산하를 올려다보는 아이의 몸은 금방이라도 뒤로 넘어가지 않을까 걱정스러울 정도로 위태로워 보였다.

아이를 내려다보는 산하의 입가에 미소가 떠올랐다.

옥화산 아이들 사이에서 그는 최고로 인기가 있는 사람이었다. 그리고 아이들이 그를 좋아했던 데에는 다 그만한 이유가 있었다.

그는 덩치에 어울리지 않게 아이들과 장난치며 노는 것을 좋아했던 것이다.

고개를 잔뜩 젖힌 아이를 내려다보던 산하가 허리를 굽히며 쪼그려 앉았다.

"사실 나는 말이야……."

아이의 두 눈이 호기심을 가득 담고 초롱초롱하게 빛났다.

산하는 옆에 서서 벙긋벙긋 웃고 있는 화태건을 일별한 후 크게 벌린 입을 아이의 코앞에 가져다 대고 와락 소리쳤다.

"멧돼지닷!"

"하악!"

화들짝 놀란 아이가 뒤로 넘어갔다. 하지만 아이는 땅에 쓰러지지 않았다.

산하의 오른손이 아이의 등을 받치고 있었다.

아이는 꽤나 놀란 듯 커다란 눈에 눈물을 글썽이며 입술을 삐죽거렸다.

뽀얀 볼이 파르르 떨린다.

금방이라도 울음을 터뜨릴 듯한 얼굴이다.

산하는 빙긋 웃었다.

이럴 때 아이를 다루는 법을 그는 잘 알고 있었기 때문이다.

긴 손가락으로 아이의 허리를 휘감고 허리를 편 산하는 아이를 자신의 가슴께까지 들어 올리며 물었다.

"아저씨가 하늘 날게 해줄까?"

아이의 눈물이 글썽이던 눈이 언제 그랬냐는 듯 호기심으로 반짝였다.

"새처럼?"

"응."

"진짜?"

"그렇다니까."

"해줘."

아이는 산하의 마음이 변할까 두려운 듯 다급하게 고개를 끄덕이며 재촉했다.

눈물은 벌써 말랐다.

산하는 빙긋 웃었다.

그리고 아이를 슬쩍 허공으로 집어 던졌다.

아이의 몸이 일 장 넘게 허공으로 떠올랐다.

산하와 아이가 노는 것(?)을 입맛 다시며 지켜보던 화태건의 눈이 휘둥그레졌다.

올라간 것은 떨어져야 한다.

그것이 자연의 법칙이 아닌가.

허공으로 던져진 아이의 몸도 아래로 떨어지긴 했다. 그런데 속도가 비정상이었다. 아이의 몸은 마치 새의 깃털처럼 느리게 아래로 내려왔던 것이다.

보통의 경우보다 떨어지는 속도가 대여섯 배는 느린 듯했다.

'허공섭물?'

저절로 뇌리에 떠오른 무공의 경지를 되새김질한 화태건은 고개를 휘휘 저으며 헛웃음을 흘리고 말았다.

이해가 잘 안 가는 장면을 본 것은 맞았다. 하지만 그것을 허공섭물과 연결시키는 건 아무리 생각해도 무리였다.

당대에 허공섭물을 시전할 수 있는 사람이 몇이나 될 것인가.

아마도 천하를 통틀어 스무 명을 넘지 않을 것이다.

만약 산하가 펼친 것이 허공섭물이라면 산하가 당세 무림을 석권하고 있는 초강고수들, 신주육천공(神州六天公)이나 천중구마존(天中九魔尊)에 필적하는 고수란 말과도 같았다.

허공섭물을 펼치려면 그들 정도의 고수는 되어야 한다는 것이 무림의 중론이었으니까.

산하가 강하다는 것을 알고 있는 화태건이 생각해도 그건 말이 안 되는 일이었다.

산하의 외모에서 추정되는 나이와 실제 나이 사이에는 어마어마한 간극이 있긴 해도 어쨌든 그의 나이는 이제 열아홉이었다.

그가 엄마 뱃속에 있을 때부터 무공을 수련했어도 가능한 일이 아닌 것이다.

'그래도 내공을 외부로 투사해 아이가 떨어지는 속도를 조절하시긴 한 거 같은데…… 그것만으로도 대단한 내력 운용이다. 형님의 능력은 정말 불가사의해.'

그가 생각할 수 있는 한계였다.

특이한 점은 더 있었다.

산하와 아이가 노는 장소는 큰길이었다. 오가는 사람도 적지 않았다. 그런데도 두 사람에게 주목하는 사람은 화태건밖에 없었다. 산하의 외모를 생각하면 이상하지 않을 수 없는 일이었다.

그러나 그런 현상은 관제묘에서 이미 한 번 겪은 화태건이다.

알면 알수록 더 신비로운 산하의 능력을 생각하며 화태건은 내심 혀를 내둘렀다.

느리게 하강한 아이의 몸은 사뿐히 산하의 손안에 내려앉았다.

아이를 보며 산하가 흰 이를 드러내고 웃었다.

"나는 거 맞지?"

아이는 정신없이 고개를 끄덕였다. 흥분으로 인해 붉게 달아오른 얼굴이 잘 익은 홍시 같았다.

"아저씨, 더해줘요! 더해줘요!"

아이는 짧은 양팔을 휘저으며 소리쳤다.

어느새 아이의 어투는 변해 있었다.

반말에서 존댓말로.

싱긋 웃은 산하가 고개를 끄덕이려 할 때였다.

"연(蓮)아, 그러면 안 돼!"

맑고 고운, 하지만 엄한 기색이 역력한 여인의 음성이 들려왔다.

산하는 아이를 조심스럽게 땅에 내려놓고 소리가 들려온 방향으로 고개를 돌렸다.

이 장 정도 떨어진 곳에 푸른 죽립을 쓴 여인이 서 있었다.

그녀는 크지도 작지도 않은 키에 몸매가 잘 드러나지 않는 풍성한 마의를 입고 그 위에 허벅지 어림까지 내려오는 허름한 바람막이를 걸치고 있었다.

"엄마!"

아이는 금방 산하를 잊고 죽립여인에게 쪼르르 달려가 안겼다.

무릎을 굽히고 앉아 달려온 아이를 품에 보듬어 안은 여인이 일어섰다. 죽립 밑으로 얼굴을 가린 면사가 언뜻 바람에 흔들리는 것이 보였다.

'죽립에 면사?'

아주 드물다고 하기는 어려워도 흔한 차림새는 아니다.

여인이 산하에게 고개를 숙였다.

"죄송합니다. 제가 잠시 한눈을 판 사이에 연아가 폐를 끼쳤나 보군요."

고개를 드는 여인의 면사 밑으로 학처럼 길고 하얀 목이 보였다. 그 느낌이 고혹적이어서 산하는 내심 의혹을 느끼며 여인을 좀 더 주의 깊게 살펴보았다.

아무래도 저잣거리를 저렇게 허름한 옷차림을 하고 아이와 단둘이 다닐 법한 여인이 아니다 싶었던 것이다.

그러나 여인은 마의와 바람막이로 온몸을 감다시피 하고 있어서 볼 수 있는 것은 목의 일부와 삼단처럼 긴 머리카락, 그리고 아이를 안은 희고 고운 손뿐이었다.

'아기엄마 손이 저렇게 예뻐도 되나?'

산하는 맑은 눈으로 여인을 바라보며 싱긋 웃었다.

"걱정하지 마십시오. 아이가 제게 폐를 끼친 것은 없습니다. 오히려 즐겁기만 했습니다."

"그렇게 말씀해 주시니 감사합니다."

다시 한 번 산하에게 고개를 숙여 인사한 여인이 아이를 안고 돌아섰다.

어색하게 목을 숙여 마주 인사하고 고개를 들던 산하는 화태건의 눈치가 이상하다는 것을 알아차렸다.

화태건은 마치 넋이 빠진 사람처럼 멍한 얼굴이었다.

그의 눈동자가 고정된 곳은 멀어지는 마의여인의 허리춤에서 출렁이는 칠흑처럼 검고 긴 머리카락.

"건아."

산하가 부르는 소리에 화태건은 흠칫하며 머리를 휘휘 저었다. 벌어졌던 입이 닫혔다.

"예, 형님."

"너 좀 이상하다? 어디 아프냐?"

"갑자기 아플 리가 있습니까."

화태건의 음성은 이상할 정도로 맥이 빠져 있었다.

산하는 내심 활달함이 지나칠 정도인 평소와 너무나 다른 화태건의 모습에 고개를 갸웃했다.

화태건이 왜 이러는지 짐작 가는 게 없는 건 아니었다. 하지만 굳이 입 밖으로 꺼내어 물을 만한 일은 아니었다.

"밥 먹으러 가자."

"예."

객잔을 향해 걸어가던 산하는 결국 걸음을 멈춰야 했다.

"신경 쓰이냐?"

"예."

대답과 함께 화태건은 한숨을 푹 내쉬며 고개를 숙였다.

힐끔힐끔 산하의 눈치를 살피는 그의 눈엔 무언가 할 말이 있다는 기색이 역력했다.

객잔에서 십여 장 떨어진 곳에서 죽립여인은 아이를 품에 안고 서 있었다.

빗자루처럼 길의 흙먼지를 쓸며 달려가던 바람이 여인의 몸을 휘돌아 나갔다.

어딘가 쓸쓸한 분위기였다.

그녀를 일별하고 화태건을 돌아본 산하가 풀썩 웃으며 말했다.

"아이엄마다."

아직 솜털이 다 가시지 않은 화태건의 흰 뺨이 붉게 물들었다.

"그런 거 아니라구요, 형님! 그냥 아이가 배고픈데 밥 사줄 돈도 없는 거 같아서……."

"그건 네 말이 맞다."

산하는 고개를 끄덕였다.

그는 산에서 십 년을 넘게 살았고, 옥화산의 사냥꾼 마을과 화전민 마을의 주민들과 친했다. 옥화산채의 산적들과는 형제처럼 지냈고.

그들은 대부분 가난한 사람들이었다. 그런 사람들 속에서 큰 탓에 그는 부자는 몰라도 가난한 사람들은 한 번 보는 것으로도 알아볼 수 있었다.

연아라는 아이가 죽립여인에게 떼를 쓰거나 하는 건 아니었다. 모녀를 스치듯 보아서는 두 사람이 왜 제자리에 서 있는지 알 수 없었을 것이다.

산하는 마음을 정했다.

어린 모녀에게 점심 한 끼 사줄 돈은 그도 화태건도 넘치게 갖고 있지 않은가.

물론 화태건의 속마음이 정말 그런지는 조금 의심스러운 바가 없지 않아 있었지만.

그리고 다른 문제도 있었다.

산하의 두 눈이 찰나지간 모녀의 주변을 훑었다.

기대에 찬 눈으로 자신을 보는 화태건의 어깨를 툭툭 두드린 산하는 성큼성큼 죽립여인을 향해 걸어갔다.

여인도 그가 다가오는 것을 알아차린 듯 아이를 안고 그를 향해 돌아섰다. 새끼를 보호하는 야생 짐승처럼 은근한 경계심이 완연한 몸짓이었다.

"멧돼지 아저씨!"

연아가 산하를 보며 손을 흔들었다.

흰 이를 드러내고 웃으며 마주 손을 흔들어준 산하는 여인의 앞에서 걸음을 멈췄다.

말을 꺼내기가 꽤나 어색했다. 하지만 작정하고 온 참이 아닌가. 이런 경우는 망설임의 시간이 길어질수록 더 어색해진다.

산하는 뒷머리를 긁적이며 말문을 열었다.

"저기… 제 아우와 저는 점심을 먹으러 가는 길이었습니다. 허락하신다면 연아에게 점심을 사주고 싶습니다."

죽립에 가려진 여인의 눈매가 잘게 떨렸다.

흑백이 뚜렷한 맑고 큰 눈으로 자신을 내려다보는 철탑 같은 거한의 음성은 맑고 힘이 있었으며 따듯했다.

가슴을 파고들어 긴 여운을 남기는 목소리.

그녀는 거칠어 보이는 외모와는 달리 앞에 서 있는 거한의 마음씀씀이가 세심하다는 것을 깨달았다.

거한은 그녀의 형편을 알아보았음이 틀림없는데도 그녀가 아닌 아이를 언급했다.

만약 그녀를 직접 언급하며 식사 대접을 얘기했다면 그녀의 자존심은 치명적인 상처를 입었을 터다.

잠시 침묵이 흘렀다.

대낮의 노상에서 산도둑처럼 생긴 장한이 모녀에게 같이 식사를 하자는 이런 경우가 흔할 리 없다. 달리 보면 대단히 무례하고 파렴치하게도 보일 수 있는 일이었다.

쉽게 승낙하는 것도 어려웠다. 처신이 가벼운 여자라는 인상을 줄 가능성이 너무나 높은 것이다.

여인의 고민이 깊을 수밖에 없었다.

여인과 산하를 번갈아 보는 연아의 얼굴에 일말의 기대감이 어렸다. 나이는 어려도 말은 충분히 알아듣는 것이다.

"엄마……."

자신의 눈치를 살피며 품에서 꼼지락거리는 연아를 한 번

157

더 보듬어 안은 여인은 방금 전의 고민이 무색할 만큼 마음이 편안하게 풀어짐을 느꼈다.

거한이 그녀에게 한 말을 떠나서 눈앞의 거한에게는 사람으로 하여금 믿고 의지하게 만드는 기이한 분위기가 있었다.

여인은 고개를 숙였다.

"초대에 응하지요. 감사합니다."

진심이었다.

산하의 얼굴에 환한 미소가 떠올랐다.

짤막한 대화가 끝났을 때 화태건은 산하를 경계하는 듯하던 여인의 태도가 완전히 변했다는 것을 알 수 있었다.

그는 활짝 웃으며 자신을 향해 어서 오라고 손짓하는 산하에게 달려갔다.

점심때라 태평객잔의 일층은 사람들로 꽉 차 있었다.

이층 창가에 자리를 잡은 산하 일행은 떠들썩한 화태건의 주문을 들으며 통성명을 했다.

여인의 이름은 유청림, 아이의 이름은 공연연이라고 했다. 유청림은 꺼리는 것이 있는지 자신의 신상에 대한 이야기는 하지 않았고, 그저 호북성 형주로 가는 길이라고만 했다.

주문한 식사가 차려지고 유청림이 죽립과 면사를 벗었을 때 산하는 솔직히 크게 놀랐다.

많게 봐주어도 나이가 스물다섯을 넘어 보이지 않는 유청림은 만 명 중에 한 명 나올까 싶을 정도로 대단한 미녀였던 것이다.

늘 죽립과 면사를 쓰고 다녀서인지 창백한 안색과 약간 마른 얼굴임에도 불구하고 그린 듯한 눈썹과 호수 같은 눈망울, 오뚝한 콧날과 도톰한 입술.

피로에 젖은 기색에 의해 적지 않게 훼손되었는데도 그녀는 한 아이의 엄마라는 게 믿어지지 않는 미모의 소유자였다.

유청림과 공연연이 적게 먹은 건 아니지만 그래도 여자라 수저를 놓는 데는 오랜 시간이 걸리지 않았다. 그런데도 식사는 한 시진 동안이나 이어졌다.

화태건이 끝도 없이 음식을 시켜댔기 때문이다.

그렇다고 그가 많이 먹은 것도 아니었다. 주문한 음식의 대부분은 산하의 뱃속으로 들어갔다.

화태건은 매일 풀뿌리 몇 개로 끼니를 해결하던 산하의 위장이 그렇게 큰 줄은 오늘 처음 알았다.

채식을 주로 하는 사람들의 대부분은 음식을 많이 먹지 않는다는 게 정설 아닌가.

시장이 반찬이라는 말이 있다.

산하를 제외한 세 사람은 배가 고팠던 사람들이라 식사를 아주 맛있게들 했다. 객잔에 있던 사람들의 눈이 휘둥그레질 만큼.

어린 나이임에도 화태건은 아는 게 많았고, 재미있게 말할 줄을 알았다.

유청림과 공연연은 화태건의 말솜씨에 빠져 그와 금방 친해졌다.

산하는 세 사람을 보며 산을 내려온 후 처음으로 하산하길 잘했다는 생각이 들었다.

작은 도움 하나로 사람의 마음을 행복하게 해줄 수 있다는 건 얼마나 좋은 일인가.

그러나 좋은 일에는 늘 마가 낀다.

산하는 젓가락질을 하며 슬쩍 일층과 이층을 훑어보았다.

'많기도 하군. 길에 있을 때부터 따라온 자들이 넷, 일층에 둘, 이층에 둘, 밖에도 여럿이 더 있는 듯하고……. 적의와 살기가 분명한 시선이다.'

산하가 그들의 존재를 알아차린 건 유청림에게 말을 걸기 전이었다. 확연한 적의와 살기가 유청림 모녀를 향하고 있었기에 그는 그들의 존재를 파악할 수 있었다.

'유 낭랑한테 감정이 있어 보이는구먼. 하지만 움직임에 흐트러짐이 없고 눈빛이 강하다. 흑도의 무리는 아닌데… 그럼 정파? 그도 이상하다.'

흑도를 걷는 사람들이 갖는 특성을 그보다 더 잘 아는 사람이 있을까.

'유 낭랑은 무공을 배우지 않은 평범한 사람인데… 어떻게 저런 자들과 얽힌 거지?'

산하의 얼굴에서 미소가 가셨다.

'여유있게 지켜보기만 할 뿐 움직일 의사는 없어 보인다. 저들의 표적이 유 낭랑만은 아닌 듯하다.'

산하의 눈빛이 깊게 가라앉았다.

모르는 사람들이 산하의 외모를 보고 착각하는 것 중 하나가 그의 성격이었다.

처음 산하를 본 사람들은 그가 우직하거나 어리석거나 단순할 거라는 생각을 한다.

그들을 탓할 수만은 없다.

산하의 외모는 그렇게 보일 수 있는 여지가 지나칠 정도로 충분했으니까.

그는 분명 사람들이 보는 그대로의 성격을 갖고 있기도 하다. 어수룩하게 보일 정도로 강호 경험도 부족하다. 하지만 사람들이 보는 면이 그가 가진 성격의 전부는 아니었다.

그는 범인이라면 꿈에서조차 상상하기 어려운 극한의 수련 속에서 십 년이 넘는 세월을 보낸 사람이었다.

그런 환경 속에서 자란 사람의 성격이 평범할 가능성은 숲에서 날아다니는 물고기를 만날 가능성보다도 적은 것이다.

무엇보다도 그를 가르친 사람들은,

결코 평범하지 않았다.

第六章

鐵山
철산
대공
大公

수수현의 서부 대로변에 자리 잡고 있는 매화루.

규모는 크지 않은 청루치만 몸담고 있는 기녀들의 미모가 특출해 항상 문전성시를 이룰 정도로 장사가 잘되는 곳이다.

해가 중천으로 불끈 치달려가는 시각.

매화루의 후원 별채.

고안현에 설치된 열락궁 고안향의 향주 직을 맡고 있는 동미령은 텃밭인 고안이 아닌 이곳에 있었다. 그것도 벌써 반 시진째 초조하게 별채 앞의 정원을 서성이면서.

다람쥐 쳇바퀴 돌 듯 정원을 빙글빙글 도는 와중에도 그녀의 눈은 쉴 새 없이 별채로 들어서는 월동문을 살폈다. 덕분에 눈동자는 절반쯤 사시가 되었다.

'대체 사요랑 사저께서 궁으로 보내라고 했던 서신에 무슨 내용이 적혀 있었기에 궁주님께서 직접 이곳까지 오신다는 걸까?'

그녀는 궁금증으로 머리가 터질 지경이었다.

사요랑의 서신을 가져온 궁도는 그녀에게 서신을 넘긴 후 탈진해 쓰러졌다. 수십 리 길을 전력을 다해 달린 탓이었다.

사안이 가볍지 않다고 생각한 동미령도 사요랑의 서신을 초지급으로 궁에 보냈다. 그리고 궁주가 직접 고안을 향해 떠났다는 전갈을 받았다.

설마 궁주가 직접 나설 일이라고는 생각지도 못했던 그녀에게 연이어 떨어진 지시는, 궁주가 도착할 때까지 거한 한 명의 종적을 찾아내 놓치지 말고 추적하라는 것이었다.

동미령은 그 지시를 이행하며 수수현에 왔고, 곧 궁주가 도착한다는 소식에 궁의 거점인 매화루에 대기하게 된 것이다.

'서신의 내용도 내용이지만 궁에서 여기까지의 거리가 얼마인데 궁주님께서 곧 이곳에 도착하신다는 거지?'

그녀의 맑은 이마에 몇 가닥의 가는 주름이 잡혔다.

'밤낮을 가리지 않고 말을 달려도 궁에서 여기까지 오려면 보름은 걸린다. 무슨 방법을 쓰셨기에 칠 일 만에 이곳에 도착할 수 있으신다는 걸까?'

샘솟듯 솟아나는 의문에 고개를 갸웃하며 서성이던 그녀의 발이 한순간 아교라도 달라붙은 것처럼 그 자리에 딱 멈췄다.

계속 살피던 별채의 문으로 두 명의 백의궁장여인이 들어서고 있었다.

동미령은 빠르게 그녀들의 앞으로 걸어가 깊숙이 허리를 숙였다.

"고안향주 동미령이 궁주님을 뵙습니다."

"오랜만이구나."

앞장서서 별채로 들어선 여인이 가볍게 고개를 끄덕여 인사를 받았다.

동미령은 궁주의 목소리가 힘이 하나도 없는 느낌이라 이상하다고 생각하며 허리를 폈다. 그리고 궁주의 모습을 제대로 본 동미령의 눈은 놀란 토끼눈처럼 휘둥그레졌다.

"궁주님, 어디 편찮으세요?"

그녀가 그렇게 물어볼 만했다.

열락궁주, 강호인들이 유정화(有情花)라 부르는, 지난 세대 강호십대미인 중의 한 명인 감소영의 몰골은 동미령이 그녀를 모신 이십여 년 동안 한 번도 본 적이 없을 만큼 험하기 이를 데 없었다.

백의궁장은 흙먼지에 절대로 절어서 누런 황의가 되다시피 했고, 삼단 같은 머리카락은 파뿌리처럼 뒤엉켜 있었으며, 오는 동안 쉬지도 못했는지 눈 밑은 거무죽죽하게 죽어 있었다.

평소 강호인들이 빙기옥골이라 부르며 칭송하던 피부는 두드러기라도 났는지 울퉁불퉁해서 보는 동미령의 가슴이 미어질 지경이었다.

감소영은 말할 기력도 없는지 힘없이 고개를 가로저었다.

그리고 슬며시 손가락을 들어 자신의 뒤를 가리켰다.

그녀의 손가락이 향한 곳을 따라간 동미령의 눈에 그제야 감소영의 뒤에 서 있는 여인의 모습이 들어왔다.

그녀는 대경실색하며 그 자리에 무릎을 꿇었다.

털썩.

"제자 동미령이 태상궁주님을 뵙습니다."

얼마나 놀랐는지 그녀의 음성은 붕 떠 있었다.

"일어나거라."

태상궁주라 불린 여인의 음성은 봄바람처럼 부드러웠다. 그러나 동미령은 감히 고개도 들지 못하고 용수철 튕기듯 벌떡 일어나 부동자세로 섰다.

태상궁주는 흑백이 뚜렷하고 맑은 눈으로 동미령을 보았다.

모르는 사람이 보면 궁주인 감소영을 언니라고 생각할 만큼 그녀는 젊고 아름다웠다.

나이는 많게 봐주어도 이십대 후반쯤.

늘씬하게 큰 키와 풍성한데도 묘하게 몸매의 굴곡이 완연하게 드러나는 백의궁장이 잘 어울리는 절세의 미인이었다.

감소영의 몰골이 흉악한 것에 비해 그녀는 산책이라도 나온 사람처럼 옷에 먼지 하나 묻어 있지 않았고 눈에는 활력이 넘쳤으며 피부는 화사하고 깔끔했다.

그녀가 물었다.

"그분은 어디 계시느냐?"

"그분이라 하시면……?"

어리둥절하여 되묻던 동미령의 얼굴이 사색이 되었다.

온화하던 태상궁주의 눈빛이 서릿발처럼 차갑게 변했기 때문이다.

난데없는 태상궁주의 등장에 정신이 혼미하던 동미령은 얼음물을 한 동이 뒤집어쓴 것처럼 정신이 번쩍 들었다. 궁주가 이곳에 왜 왔는지 그 이유가 대번에 생각이 났다.

'그가 대체 누구기에 태상궁주님까지… 더구나 그분이라고…….'

생각은 나중에 해도 된다.

그녀는 황망히 입을 열어 대답했다.

"이틀 전 수수현을 떠나셨습니다. 아이가 함께 있어서 이동 속도가 빠르지 않습니다. 조금 서두르면 하루면 따라잡을 수 있을 것입니다."

어느새 그녀도 '그'에 대해 존칭을 쓰고 있었다. 그녀의 무공은 일류에 간신히 턱걸이하는 수준이지만 눈치는 초절정고수 못지않다. 몸담고 있는 업계에서 쌓인 관록 덕분이었다.

"뒤를 따르게 했느냐?"

"예, 발이 빠르고 경험이 많은 제자 둘을 붙였습니다. 그들이 전해오기를, 현재 그분은 북상 중이라고 합니다. 내일쯤이면 호북성의 경내로 들어서시리라 생각됩니다."

태상궁주는 동미령의 조치가 마음에 드는지 얼굴이 풀어졌다.

"조심하라 했겠지?"

"물론입니다. 사요랑 사저가 일초를 버티지 못했다고 들었기에 가까이 접근하지 말고 종적만 놓치지 말라 신신당부했습니다."

"잘했다."

태상궁주의 칭찬을 들은 동미령은 그제야 안도의 한숨을 내쉬었다.

눈앞의 이십대로 보이는 절세의 미인은 한창 강호를 행도하던 시절 소리장도(笑裏藏刀) 요지나찰(瑤池羅刹)이라 불리며 경원시되었을 정도로 웃음 속에 칼을 품은 사람이었고, 또 손을 쓸 때는 인정사정없기로 유명했던 여인이다.

나이가 든 지금은 그 당시의 별호가 아니라 다른 별호로 불린다. 그리고 현재의 별호는 과거보다 더 살벌했다.

그녀에게 직접 사사한 궁주를 비롯한 일대제자들은 그녀의 가르침이 끝나는 날까지 통곡과 불면으로 점철된 세월을 보내야 했다는 처절한 전설이 아직도 궁에 전해지고 있지 않던가.

과거 요지나찰이라 불렸던 사마화정은 은어처럼 길고 흰 손가락을 깍지 꼈다. 그리고 슬쩍 꺾었다.

우드드드득.

감소영과 동미령의 얼굴에 경기라고밖에 볼 수 없는 세찬 경련이 일어났다.

동미령은 사마화정의 손을 보며 궁금증 하나가 해소되었다. 감소영이 도대체 어떤 수단을 사용했기에 이처럼 빨리 도착할 수 있었는지에 대한 의문이 풀린 것이다.

사마화정의 존재가 그것을 가능케 했을 터이다.

사마화정은 자신의 단순한 동작이 그것을 지켜본 사람들에게 얼마나 공포스러운지 전혀 알지 못하는 듯했다. 그녀는 태연한 표정으로 동미령을 보며 물었다.

"그런데 방금 그분의 일행 중에 아이가 함께 있다고 했느냐?"

"예, 태상궁주님."

"웬 아이? 요랑이가 보내온 서신에는 잘생긴 소년 한 명밖에 일행이 없다고 했는데?"

"그분은 이곳 수수현에서 낯선 모녀와 일행이 되셨습니다."

동미령은 이틀 전 이곳에서 있었던 거한과 모녀의 만남에 대해 그녀가 할 수 있는 최대한의 묘사를 동원해 상세하게 설명했다.

사마화정의 그린 듯한 눈썹이 미미하게 꿈틀거렸다.

"그 모녀에게 이상한 점이 없더냐?"

"그것이……."

동미령이 말끝을 흐리며 사마화정의 눈치를 보았다.

"말하거라."

"그 모녀의 주변에 좀 의외다 싶은 자들이 맴돌고 있었습니다. 이상하다 싶어서 그들에 대해 조사를 해보았는데 그들의 정체가 뜻밖이었습니다. 그들은……."

이어지는 동미령의 보고를 들은 사마화정의 낯빛이 조금 굳었다.

"그 모녀와 그분이 만난 것이 순수한 우연이었느냐?"

"저도 의심스러워서 사람을 풀어 조사를 했습니다만 제자가 확인한 바로는 우연이 맞는 듯합니다. 그 모녀와 그분이 수수현에 들어온 경로가 너무나 다릅니다."

"흠……."

사마화정은 낮은 신음과 함께 생각에 잠겼다.

그녀가 다시 입술을 뗀 것은 일다향 뒤.

"안내하거라."

강시처럼 뻣뻣하게 부동자세로 서 있던 동미령이 허리를 직각으로 꺾었다.

"예, 태상궁주님."

＊　　＊　　＊

멀리 관도가 내려다보이는 야산의 중턱.

바위 위에 걸터앉아 관도에 시선을 두고 있던 중년 검객은 눈썹을 잔뜩 찌푸렸다. 그리고 보고를 한 사람을 돌아보며 물었다.

"누구라고?"

의혹을 담은 그의 눈에 칼날 같은 예기가 흘렀다.

긴장한 기색으로 서 있던 청년이 지체없이 대답했다.

"그들 중에 패력권 상명효로 보이는 인물이 있었습니다. 그리고 그와 함께 움직이는 십여 명 중 여섯 명은 만만치 않은 기세의 소유자들이었습니다. 아무래도 제 생각에 그들 일곱 명은 강서칠흉이 아닐까 합니다."

중년 사내의 미간에 굵은 내천 자가 생겨났다.

생각지도 못했던 자들이 나타난 때문이었다.

"아직 강서성의 경내이니 강서성 북부를 자기 집처럼 여기는 그자들이 나타날 수도 있지. 그런데 왜 그들이 유청림 일행이 가는 길의 길목을 지키고 있는 거냐?"

청년이 고개를 푹 숙였다.

"죄송합니다. 저도 이유를 모르겠습니다."

중년 검객은 혀를 찼다.

"쯧."

하지만 청년을 타박하지는 않았다.

청년이 무슨 신도 아닌데 강서칠흉이 그곳에 있는 이유를 알 턱이 없는 것이다.

그가 투덜거렸다.

"가뜩이나 알 수 없는 덩치와 꼬마가 합류해서 신경이 곤두서는 판이구먼……."

그가 청년에게 말했다.

"일단 어떻게 돌아가는 사정인지 지켜보자."

"알겠습니다."

"하지만 언제든지 뛰어들 수 있는 준비를 하고 있어야 한다는 것을 잊지 마라. 모두에게 그리 전하도록 하고. 무슨 일이 있어도 그 계집을 놓쳐서는 안 되니까."

"예."

중년 검객이 관도로 시선을 돌리는 것을 보며 청년은 신형을 날렸다. 그의 동료들은 꽤 넓게 퍼져 있었다. 중년인의 지시를 이행하려면 바쁘게 움직여야 했다.

＊　　　＊　　　＊

해가 중천을 지나 조금씩 서쪽으로 기우는 미시 중엽(오후 2시경).

호북성 경계와 불과 이십여 리 정도밖에 떨어져 있지 않은 관도상.

"아저씨, 내가 제일 키 크다! 엄마보다 더 커!"

들뜬 아이의 해맑은 음성이 간간이 관도를 울렸다.

"그럼! 천하에서 연아보다 키 큰 사람은 없다!"

사방을 울리는 굵고 부드러운 음성으로 아이의 말을 받아주는 사람은 흑포를 입고 있는 거한, 산하였다.

"강 소협, 이제 그만 연아를 내려놓으셔도 돼요. 힘드시잖아요."

산하의 말이 들린 다음에는 그의 왼쪽에서 꼭 들려오는 청랑하고 가녀린 음성.

미안한 기색이 가득한 음성의 주인은 죽립과 면사를 벗은 유청림이었다.

연아의 커다란 두 눈은 산하의 머리 위로 불쑥 솟아올라 와 있었다. 연아는 산하를 말로 삼아 목말을 타고 있었던 것이다.

연아의 무릎 아래는 산하의 커다란 손바닥에 덮여 아예 보이지 않았다. 그리고 몸도 보이지 않았다. 산하의 머리에 가린 것이다.

보이는 것은 작은 허벅지와 커다란 두 눈, 그리고 흩날리는 머리카락뿐.

연아는 너무 작고 산하는 보통 사람보다 머리 하나는 더 크기 때문에 평범한 체구의 사내가 아이를 목말 태웠을 때와는 조금 다른 모양새가 나왔다.

산하의 오른쪽에는 화태건이 휘적휘적 걷고 있었다. 그는 걷는 와중에 아닌 척하며 유청림을 힐끗거렸다. 그리고 볼을 붉히거나 히죽히죽 웃었다.

그러나 산하와 연아는 짝짜꿍이 맞아 신이 났고, 유청림도 밝은 분위기에 전염돼 있는 터라 화태건의 정신이 나간 듯한 기색을 눈치챈 사람은 아무도 없었다.

그들의 분위기는 자연스러웠다. 서로 간에 어색함이 거의 느껴지지 않는 것이다.

그럴 만도 한 것이, 그들은 동행한 지 벌써 이틀째였다.

처음 유청림에게 동행을 제의한 사람은 화태건이었다.

유청림이 가고자 하는 호북성 형주는 산하의 집으로 가는 도중에 있는 곳이었다.

반대할 이유가 없는 산하는 지체없이 찬성했고, 망설이던 유청림도 산하와 헤어지기 싫어하는 연아를 보며 한숨을 거푸 내쉬다가 화태건의 제의를 받아들였다.

유청림의 수락을 받아낸 화태건이 그다음으로 한 것은 산하를 데리고 저잣거리를 찾아 옷을 선물한 것이었다.

산하는 입고 있는 옷이 편하다며 뻗댔다. 하지만 소용없었다. 화태건은 일행 중에 여자가 합류했는데 팔다리를 훤하게 드러낸 차림은 무례하기 이를 데 없는 것이라는 명분을 무기로 산하의 복장을 바꾸었다.

덕분에 산하는 열한 살 이후 처음으로 구색을 갖춘 흑색 장삼을 입게 되었다.

걸음을 옮기며 산하와 연아를 돌아보곤 하는 유청림의 기색은 즐거움과 미안함이 복합된 것이었다.

유청림이 미안해하는 것은 당연했다.

산하가 연아를 목말 태우고 걸은 지가 벌써 반 시진이 되어가고 있었다.

게다가 목말을 탄 연아는 잡을 것이 마땅치가 않자 산하의 양쪽 머리를 앙증맞은 손으로 움켜쥐고 있었는데, 그 손아귀에 쥐어 있는 산하의 머리카락이 마치 두 개의 뿔처럼 삐죽하니 하늘로 서 있는 모습이 도깨비를 연상시켰던 것이다.

그런데도 산하는 자신의 모습이 남에게 어떻게 비추는지 전혀 개의치 않았다.

더해서 무엇이 그리 좋은지 연아의 말에 맞장구를 치며 흰이를 드러내고 소리없이 웃기만 했다.

산하의 큰 눈에 어린 따스한 미소를 느끼며 유청림은 가슴이 아려왔다.

이제는 살아서 다시 볼 수 없는 사람이 떠오른 때문이었다.

'좋은 사람들, 연아 아빠가 이들을 보았다면 무척이나 좋아했을 텐데……'

"형님, 좀 쉬었다 가요. 반 시진이나 걸었잖아요. 형님은 강철 체력이라 상관없겠지만 유 부인은 힘드시다구요."

"어, 그러지, 뭐."

막 상념에 빠져들어 가던 유청림은 화태건과 산하의 대화를 듣고 번뜩 정신을 차렸다.

고개를 돌린 그녀는 말을 하며 자신을 보고 있던 화태건과 눈이 마주쳤다.

화태건은 도둑질하다가 들킨 사람처럼 허둥지둥 시선을 돌렸다.

그 모습이 귀여워서 유청림은 입술을 깨물어야 했다. 그렇게 하지 않으면 웃음이 입술 밖으로 흘러나올 것 같았던 것이다.

그녀의 나이는 스물다섯. 세상을 모르지 않는 나이였다. 남자라면 더욱 잘 알았다.

타고난 미모 때문에 어린 시절부터 주변을 맴도는 사내들에 의해 포위당하다시피 하며 자란 그녀였으니까.

그런 그녀가 화태건처럼 속마음이 얼굴에 그대로 드러나는 소년의 마음을 알아차리지 못할 리가 만무했다.

그녀는 그저 화태건에게 고맙고 미안할 뿐이었다.

동행을 제의한 이후 화태건은 그녀에게 음으로 양으로 많은 신경을 써주었다. 그러나 그 모든 것은 그녀가 불편해하지 않을 정도에 그쳤다.

정성이 없다면 쉽지 않은 일이었다.

'두 사람 모두에게 정말 미안합니다. 너무 고맙고요. 언젠가 이 은혜를 갚을 수 있는 날이 오기를……'

화태건이 앞장서고, 연아를 목말 태운 산하와 유청림이 그 뒤를 앞서거니 뒤서거니 하며 따랐다.

서편으로 조금씩 기울고 있어도 햇살은 아직 따가운 편이었다.

유청림의 이마에 송골송골 솟은 땀방울을 힐끔거리던 화태건의 얼굴이 밝아졌다.

백여 장 앞에 오 장 높이로 자란 아름드리나무가 보였다.

상당한 거리였지만 나무 뒤편으로 드리운 짙은 그늘을 알아보기는 어렵지 않았다.

"으싸."

산하는 연아를 번쩍 들어 코앞에 연아의 얼굴을 가져다 댔다.

"연아, 엄마하고도 놀아줘야지."

고사리 같은 손으로 눈앞에 있는 산하의 뺨을 간질이던 연아가 시무룩한 표정으로 고개를 끄덕였다.

"응."

대답은 바로 나왔지만 서운한 여운이 담긴 어투.

산하는 빙긋 웃었다.

"출발할 때 또 목말 타고 가면 돼."

연아의 커다란 눈동자가 별처럼 반짝였다.

"정말? 또 태워줄 꺼야, 멧돼지 아저씨?"

"그럼."

얼굴이 환해진 연아가 유청림에게 달려갔다.

"엄마, 멧돼지 아저씨가 나 또 목말 태워준대."

연아를 품에 보듬어 안은 유청림의 단아한 얼굴에 쓴웃음이 떠올랐다.

"연아, 엄마가 아저씨라고 부르지 말라고 했잖아. 오빠라고 부르렴. 그리고 멧돼지가 뭐니. 그거 나쁜 말이야."

말은 그렇게 하지만 연아에게 통하지 않는 말이라는 걸 그 녀도 잘 알았다.

동행한 이후로 벌써 열 번도 더 반복한 말이기 때문이다.

역시나 연아는 열 번도 그랬던 것처럼 산하를 돌아보며 한 쪽 눈을 찡긋거렸다.

산하가 말했다.

"유 낭랑, 내버려 두세요. 연아가 좋으면 저도 좋습니다."

역시 열 번도 더 반복된 말이다.

유청림은 웃으며 고개를 젓고 말았다.

산하의 흐트러진 머리를 잠시 바라보던 그녀가 말했다.

"강 소협, 제가 머리 좀 매만져 드려도 될까요?"

본래 산하는 손가락을 빗 삼아 하루 한 번 손 빗질을 하는 것 외에는 머리손질을 하지 않는다.

그래서 그의 머리카락은 평소에도 헝클어질 대로 헝클어져 있었는데, 연아가 도깨비 뿔로 만들기까지 하자 나무뿌리 저리 가라 할 정도로 흐트러져 있었다.

그녀의 말을 들은 화태건의 두 눈이 활활 불타오르며 입술이 석 자는 됨 직하게 툭 튀어나왔다.

산하는 말없이 웃으며 고개를 끄덕였다.

연아를 바닥에 내려놓은 유청림은 품에서 작은 빗을 꺼내어 책상다리를 하고 앉은 산하의 뒤에 섰다.

팔다리가 긴 산하지만 전체적인 키가 원체 큰 탓에 앉은키도 크다. 같이 앉아서는 도저히 머리를 빗겨줄 수가 없는 것이다.

머리카락을 맡기는 산하야 원래 남의 시선을 의식하지 않는 성격이다.

하지만 유청림은 여자, 쉽게 외간남자의 머리를 벗겨주겠다는 말을 하기는 어려워야 했다.

그러나 그녀는 참 쉽게 얘기했다.

이틀 동안 동행하면서 산하가 자신을 어떻게 바라보는지 알게 된 그녀였기에 가능한 일이었다.

산하는 지금까지 그녀가 만났던 남자들과는 달라도 너무 달랐다. 그는 그녀를 여자로 보지 않았다. 한 아이의 엄마로 보는 것이다.

그리고 그들은 서로의 진심을 마음으로 이해하고 있었다.

그러면 충분한 것이다.

바람은 선선했고, 하늘엔 구름 한 점 없다.

관도 양편에 보이는 산들은 언덕이라 불러도 무방할 만큼 아담한 크기.

안온한 분위기가 일행을 감쌌다.

빗질을 마치고 허리춤에서 꺼낸 흑건으로 뒷목 부분쯤에서 머리카락을 묶은 유청림은 산하의 앞으로 돌아 나왔다.

그의 얼굴을 본 유청림의 얼굴에 언뜻 놀란 기색이 스쳐 지나갔다.

"강 소협, 생각보다 많이 미남이시네요."

면전에서 들은 칭찬이다.

산하는 뒷머리를 긁적였다.

그리고 화태건의 튀어나온 입술은 석 자에서 다섯 자로 길이를 늘였다.

유청림의 말은 빈말이 아니었다.

원체 헝클어진 머리 때문에 온전히 드러난 적이 없어서 제대로 보지 못했던 산하의 얼굴은 통상적으로 미남을 표현하는 임풍옥수니 준미수려니 하는 표현이 어울리지는 않았다.

하지만 그는 남성적이라는 말에는 그 이상의 적임자를 찾을 수 없는 외모를 갖고 있었다.

시원하게 넓고 반듯한 이마, 쭉 뻗어나간 짙고 굵은 눈썹과 준령처럼 우뚝 치솟은 콧날, 선이 분명한 입술……. 그러나 역시 문제는 눈이었다.

산하와 눈이 마주친 유청림의 입가에 밝은 미소가 떠올랐다.

크고 맑은 산하의 눈은 흑백이 선명했고 따스했으며 잡스런 느낌이 전혀 없었다.

보는 것만으로도 마음이 편해질 정도로 순하게 보이는 눈.

자리로 돌아와 연아를 안은 유청림을 보던 화태건이 머리카락을 묶고 있던 영웅건을 풀어 손에 들었다. 그리고 유청림의 앞에 머리를 들이대며 말했다.

"저도……."

유청림은 또 입술을 깨물었다.

웃음이 터지려는 것이다.

그녀는 부드럽게 웃으며 고개를 끄덕였다.

화태건이 후다닥 그녀의 앞에 등을 보이고 앉았다.

그때였다.

"기다리기 지겨워 와봤더니 여기서 노닥거리고들 있었네. 허!"

카랑카랑하고 날이 선 사내의 음성.

유청림의 얼굴이 확연하게 굳어지는 것을 본 화태건의 눈이 분노로 이글거렸다.

산통을 깨도 이렇게 깰 수가 있나.

마음 같아서는 갈아 마셔도 시원치 않을 지경이었다.

그는 휙 소리가 날 정도로 고개를 돌려 목소리가 들려온 쪽을 보았다.

삼십여 장 거리를 느긋하게 좁히며 걸어오고 있는 십여 명의 사내를 본 그의 눈이 휘둥그레졌다.

그는 사내들을 가만히 노려보다가 산하에게 고개를 돌렸다. 볼이 잔뜩 부어 있었다.

"형님, 제가 말씀드렸죠? 분명히 그 작자들은 형님이 사정 봐줬다고 고마워하기는커녕 형님의 뒤통수를 칠 궁리나 하고 있을 거라고요. 보시라구요. 제 말이 맞잖아요!"

사내들을 바라보는 산하의 얼굴엔 당황하는 기색이 보이지 않았다. 오히려 그는 혀를 차기만 했다.

화태건이 말을 하는 동안 사내들은 십여 장 거리까지 다가 와 있었다. 그들 중 일곱 명은 산하에 비해 뒤지지 않는 거구들이었다.

낯선 자들이었다. 그러나 거구 옆에 있는 한 사내의 얼굴은 산하도 낯이 익었다.

새우처럼 가늘고 길게 찢어진 눈에서 독기가 풀풀 흐르는 사십대의 중년인, 관제묘에서 보았던 오도칠이었다.

그는 산하를 노려보며 말했다.

"야, 덩치! 오늘은 그날과 사정이 좀 다를 거다. 네 몸뚱이가 아무리 단단해도 박살을 낼 수 있는 분을 내가 모셔왔거든."

그는 어깨를 잔뜩 부풀리며 말을 이으려 했지만 희망 사항에 그쳤다.

그의 옆에 서 있던 거구의 사내, 패력권 상명효가 인상을 잔뜩 썼기 때문이다.

"오도칠, 시끄럽다. 넌 뒤로 빠져 있어."

중인환시의 무시다. 모욕감을 느낀 오도칠은 고개를 숙이고 소리 나지 않게 이를 갈며 두어 걸음 물러났다.

상명효는 여전히 앉아 있는 산하를 보며 말했다.

"네가 소림의 속가제자라는 그놈이냐?"

사방이 웅웅거리는 듯한 느낌이 들 정도로 성량이 크고 위협적인 기세가 묻어나는 묵직한 음성이었다.

하지만 산하는 유청림이 빗겨준 머리카락을 한 번 슬쩍 쓰다듬고는 뉘 집 개가 짖느냐는 얼굴로 고개를 돌려 버렸다.

그가 본 건 유청림과 연아였다.

유청림은 겁먹은 얼굴로 연아를 품에 꼭 안고 있었는데 그 앞을 화태건이 막아서 있었다.

수수현에서 유청림이 산하를 처음 보고 드러냈던 것과 비슷한 수준의 경계심과 긴장이 그의 얼굴에 떠올라 있었다. 유청림 모녀의 보표라 해도 무방한 태도였다.

마침 산하에게 시선을 향하던 터라 그는 산하와 눈이 마주쳤다.

그의 얼굴에서 긴장이 확연하게 가셨다.

그는 천하에서 가장 든든한 보호자와 함께 있었다.

연약한 유청림 모녀를 보호해야 한다는 책임감 때문에 잠시 그 사실을 까먹은 것이다.

그는 오도칠을 힐끔 보고 산하에게 투덜거렸다.

"형님, 세상 사람들 마음이 다 형님 마음 같지 않다고요. 이번에도 개과천선할 기회를 주실 거예요?"

산하는 뒷머리를 긁적이며 어깨를 으쓱했다.

할 말이 없는 건 아니었지만 화태건의 심정이 충분히 이해
되었기에 그는 그저 소리없이 웃기만 했다.

그들의 대화를 듣고 있던 상명효는 어처구니없어하며 팔짱
을 꼈다.

"개과천선? 이것들이 놀고 있구먼."

비웃는 어조로 말하자 오도칠이 손바닥을 비비며 말을 받았
다.

"지부장님의 주먹을 몇 대 맞으면 정신이 번쩍 들 겁니다
요."

"흐흐흐."

"크크크."

상명효의 뒤에 늘어선 있던 거구의 사내 여섯의 입술 사이
로 낮은 웃음이 흘러나왔다.

흥미로운 장난감을 발견한 듯 끈적끈적한 웃음.

상명효가 한창 강서성을 휘젓고 다니던 시절 끌어 모은 그
의 의형제들은 덩치가 제일 작은 다섯째 곽배도 육 척이 넘었
다.

第七章

강서칠흉의 둘째 진곤이 유청림을 보며 눈을 반짝였다.

그가 굵은 손가락으로 유청림을 가리켰다.

"큰형님, 오늘 생각지도 못한 횡재를 한 거 같은데요!"

산하에게 집중하고 있던 상명효가 조금 의아해하며 진곤이 가리킨 유청림을 보았다.

그의 눈에 대뜸 뜨거운 열기가 피어올랐다.

'대박이다!'

신분을 밝히지 않으면 삼류 홍루에 가서도 퇴물 기녀들에게 문전박대당하는 그였다.

그와 의형제 일곱은 별호에 흉(凶) 자가 들어갈 만한 인생을 살아왔다.

차려진 밥상이 있다면 마다할 그가 아닌 것이다.

이제는 제사보다 젯밥에 더 관심이 갈 지경이었다. 떡 본 김에 제사도 지내면 좋은 일이 아닌가.

"꿀꺽."

목울대가 크게 움직일 만큼 잔뜩 고인 침을 삼킨 그가 진곤에게 말했다.

"둘째야, 마빡에 피도 안 마른 꼬마 놈은 빨리 치우고 그 계집을 챙겨."

"애기도 있는데요?"

"새삼스럽게 왜 그러냐. 애는 버려. 아까 보니까 비쩍 마른 들개 몇 마리가 있던데 간만에 포식 좀 하게 해라."

"그러죠. 호호호."

진곤이 어깨를 흔들며 유청림 모녀에게 걸어갔다. 그 앞을 지키고 있는 화태건은 눈에 보이지도 않는 듯한 기색이었다.

그는 유청림에게서 시선을 떼지 못하며 중얼거렸다.

"고년 참 맛있게 생겼다."

중얼거리는 그의 허리가 묘하게 꼬였다.

"어흑! 당기는구나. 환장하겠네."

그의 여유 넘치는 말과 행동을 보는 상명효 일행의 입가에는 미소가 가득 했다.

그러나 그들은 몰랐다.

산하가 여자와 어린아이를 괴롭히는 자들을 얼마나 싫어하는지. 더구나 그 여자와 아이가 자신의 보호하에 있는 상태라면.

진곤이 음충맞은 미소를 흘리며 화태건에게 말했다.

"흐흐흐, 꼬마야, 맞고 비킬래, 그냥 비킬래?"

화태건은 입술을 깨물었다.

그도 무술을 익혔기에 보는 눈이 있다.

앞에 선 자는 오도칠과는 격이 다른 고수였다.

그리고 오도칠과 그 부하로 보이는 자들 네 명을 빼고서도 그에 버금가는 자가 여섯이나 더 있었다.

천하에서 가장 든든한 보호자는 그들을 상대해야 했다. 눈앞의 적과 싸울 사람은 자신밖에 없다는 결론이 났다.

그가 눈을 부릅뜨며 소리쳤다.

"개소리는 네놈 집에서 기르는 개한테나 해라!"

진곤의 얼굴이 딱딱해졌다.

입이 걸은 꼬마 놈이 아닌가.

진곤의 얼굴이 험악해지는 것을 본 화태건은 마음을 다잡았다.

아무리 산하가 든든하다고 해도 일이 생길 때마다 그에게 의지할 수는 없었다. 나이가 열일곱에 불과했지만 그도 자존심이 있는 남자인 것이다.

입술을 굳게 다물고 진곤을 노려보던 화태건은 산하의 상황이 궁금해 힐끗 산하를 보았다.

그리고 고개를 갸웃했다.

그가 산하를 보았을 때 산하는 천천히 자리에서 일어나고 있었다.

그런데 분위기가 평소와 달랐다.

분명 무언가가 변해 있었다. 하지만 산하에게서 달라진 것은 아무것도 없었다.

다시 진곤에게 시선을 집중하던 화태건의 눈이 반짝였다.

산하의 무엇이 변했는지 알아차렸기 때문이다.

'눈빛… 형님의 눈빛이 변했다.'

그는 자신이 깨달은 것을 확인하고 싶었다. 그러나 그럴 시간은 없었다.

진곤이 그를 향해 주먹을 휘두르며 달려들고 있었던 것이다.

일어서는 산하를 보며 상명효는 팔짱을 풀었다.

'이 자식, 진짜 크네.'

그의 키도 육 척 오 촌이나 된다. 그러나 산하는 그보다 한 뼘 정도 더 컸다.

정말 보기 드문 장신.

그래도 상명효는 기가 죽지 않았다. 몸무게는 그가 훨씬 많이 나간다는 것을 알 수 있었기 때문이다.

그가 입꼬리를 비틀며 말했다.

"이제 대답을 해야지? 너, 소림 속가제자 맞냐?"

오도칠은 조마조마한 마음으로 산하의 대답을 기다렸다.

저 덩치가 관제묘에서처럼 이상하게 대답하면 그는 상명효에게 박살이 난다.

산하는 조금 굳은 얼굴로 상명효를 힐끗 한 번 보았을 뿐 여전히 대답이 없었다. 대신 그는 화태건 쪽으로 고개를 돌렸다.

산하가 대답하지 않은 것을 가장 기뻐한 사람은 당연히 오도칠이었다.

그러나 그가 기뻐하든 말든 그에게 관심을 가진 사람은 이 자리에 아무도 없다.

산하가 화태건을 보았을 때 그의 상태는 그다지 좋지 않았다.

화태건은 진곤이 주먹을 휘두름과 동시에 위기에 빠졌다.

두 사람 사이의 실력 차이가 워낙 컸다.

강서칠흉은 모두가 무공 수련 경력 삼십 년 이상의 일류고수이고, 상명효는 십여 년 이내에 절정의 반열에 오를 거라 공인된 고수다.

화태건도 십수 년 동안 무공을 수련하기는 했다. 게다가 그가 배운 건 강호에서 흔히 접할 수 없는 상승의 절기였다. 하지만 그는 대부분의 시간을 무공을 배우지 않으려 도망 다니는 데 썼고, 제대로 배운 건 오 년도 채 되지 않았다.

그는 무공에 관심이 없었다. 그리고 뛰어난 두뇌와는 달리 육체적인 자질은 평범한 것보다 약간 나은 정도에 불과했다.

두 사람의 싸움은 애당초 싸움이 될 수가 없었다.

진곤은 화태건을 가지고 놀다시피 하고 있었다. 화태건이 쓰러지지 않은 건 그가 강해서가 아니었다. 진곤이 작정하고 손을 썼으면 화태건은 삼초를 버티지 못했을 것이다.

퍽퍽!

벌써 가슴과 허리에 각기 일장을 얻어맞은 화태건의 입과 코에서 새빨간 피가 흐르고 있었다.

내부 장기가 상했다는 뜻.

그러나 산하는 화태건의 상태를 보면서도 다급한 표정도, 안타까운 기색도 보이지 않았다.

'남자는 맞으면서 크는 거지.'

산하의 생각을 읽었다면 화태건은 기함했을 것이다.

그러나 유청림 모녀에게 시선이 갔을 때는 산하의 눈빛도 태평하지만은 못했다.

연아를 꼭 끌어안고 있는 유청림은 겁을 먹은 가운데서도 화태건과 산하를 보며 걱정스러운 기색을 감추지 못하고 있었다.

다른 사람 걱정할 처지가 아닌데도 그랬다.

그녀의 심성을 알 수 있게 하는 기색이었다.

그것이 사람을 때리는 것에 대한 산하의 거부감과 갈등을 완전히 잠재웠다.

"이 새끼가 간이 배 밖으로 나왔구먼!"

자신을 이 장 앞에 두고 딴 곳을 보는 산하의 모습에 상명효는 열이 받았다.

그는 크게 두 걸음 걸어 산하와 거리를 좁히며 말을 이었다.

"간만에 마음에 드는 계집을 봐서 곱게 죽이려 했는데 마음이 바뀌었다. 먼저 네놈 팔다리부터 꺾어놓고 물어봐야겠다."

상명효의 어투는 으스스했고, 내용은 머리끝이 쭈뼛 곤두설 만큼 위협적이었다.

그러나 불행하게도 그는 상대를 잘못 만났다.

그의 상대가 다른 사람 아닌 산하였으니까.

세상에서 남을 협박하는 데 특화된 능력을 가진 부류의 사람이 둘이 있다. 하나는 칼만 안 들었을 뿐이지 날강도 같은 놈이라는 말을 늘 듣고 다니는 세금 징수 관원들이고, 다른 하나는 실제로 칼을 든 강도다.

산하는 협박에 아주 강력한 저항력을 갖고 있었다.

그가 십여 년 동안 부대끼며 살았던 산적들이 바로 칼 든 진짜 강도들이 아니던가. 그리고 산적들은 원래 욕도 잘한다.

이제까지 별다른 표정의 변화도, 말도 없이 어수룩한 모습으로 화태건과 유청림 모녀를 번갈아보던 산하가 상명효의 눈을 직시하며 말문을 열었다.

"생긴 건 코 빠진 돼지같이 생긴 놈이 촉새처럼 말이 많군."

방금 무슨 말을 들은 건지 잠시 이해하지 못하던 상명효의 얼굴이 벌겋게 달아올랐다.

코는 그의 역린(逆鱗)이다.

"이… 이… 개 후레… 잡종 놈이 감히…….'

그의 노성이 평원을 울렸다. 그러나 그의 말은 계속 이어질 수 없었다.

산하가 도중에 끼어든 것이다.

그는 슬쩍 진곤을 일별한 후 상명효에게 말했다.

"먼저 저놈부터 맞고 너는 좀 나중에 맞자."

상명효는 멍해졌다. 그로서는 이해가 불가능한 말을 거듭하는 산하였다.

그렇지만 그의 의혹은 금방 해소되었다.

소맷자락을 둥둥 말아 올린 산하가 육중한 몸을 마치 바람처럼 움직여 삼 장 멀리 떨어져 있던 진곤에게 접근하는 것이 눈에 들어왔던 것이다.

상명효와 다섯 의제, 그리고 오도칠을 비롯한 사내들의 눈에 순간적인 경악의 기색이 뚜렷하게 떠올랐다.

산하가 움직인 거리는 분명 삼 장이었다.

그런데 그들은 산하가 그 거리를 이동하는 것을 보지 못했다. 산하는 서 있던 자리에서 허깨비처럼 사라지더니 진곤의 바로 옆에 홀연히 모습을 드러냈던 것이다.

그들의 눈에 산하는 삼 장의 공간을 순간이동한 것처럼 보였다.

지켜보는 자들이 그러했는데 화태건을 가지고 놀던 진곤의 사정은 어떠했을까.

진곤은 자신의 좌측면 석 자 거리에 산하가 불쑥 모습을 드러내는 것조차 잡아내지 못했다.

주변의 공기가 서늘해지는 것을 이상하게 느낀 후에야 그는 옆에 자신이 올려다보아야 할 정도로 장대한 체구를 가진 청년이 서 있다는 것을 알아차렸다.

"헉!"

그의 입에서 놀란 경호성이 절로 흘러나왔다.

놀람은 컸지만 그의 대응은 기민했다.

그는 화태건의 오른 다리 오금을 걷어차 가던 발을 신속하게 거두며 왼손으로 가슴과 목을 방어하고 상체를 비틀었다. 그리고 오른 팔꿈치로 산하의 가슴을 창처럼 찍어갔다.

그 모든 동작이 한 호흡지간에 이루어졌다.

숱한 실전 경험으로 단련된 일류고수다운 면모.

그러나 산하는 그저 가볍게 눈살을 한 번 찌푸렸을 뿐이다.

그의 왼 손바닥이 자신의 가슴을 찍어오는 진곤의 팔꿈치를 감싸듯 막았다.

쿵!

팔꿈치와 손바닥이 마주쳤는데 바위가 내려앉는 소리가 났다.

진곤의 안색이 급변했다.

그의 눈에 놀람과 두려움의 빛이 확연해졌다.

마치 철벽에 부딪친 것처럼 그의 팔꿈치가 움직이지 않았기 때문이다.

산하가 그의 눈을 보며 소리없이 웃었다.

진곤의 등줄을 타고 소름이 미친 듯이 치달렸다.

뭔가 상상도 할 수 없는 일이 벌어질 것만 같은 예감이 그의 뇌리를 스쳤다.

그는 다급하게 물러나려 했다. 하지만 그의 시도는 실패했다.

산하는 단순히 그의 팔꿈치만 움켜쥔 게 아니었다. 팔꿈치를 잡으며 그는 진곤의 곡지혈(曲池穴)을 제압했던 것이다.

진곤의 오른쪽 반신은 마비된 상태였다.

산하의 손길이 너무나 빠르고 자연스러워 진곤은 자신의 곡지혈이 제압당했다는 것조차 깨닫지 못한 것이다.

진곤의 눈을 똑바로 응시하며 산하가 말했다.

"이빨 물어!"

놀라서 심장이 목구멍으로 튀어나올 판인데 이를 물 수 있겠는가.

진곤의 입은 산하의 말과는 반대로 헤벌어졌다.

그 순간,

산하의 왼발이 진곤의 다리 사이에 놓였고, 그의 뒷머리와 오른발 뒤꿈치가 일직선이 되며 비스듬히 사선으로 기울었다. 그리고 활짝 펴진 그의 오른손 손바닥이 어깨에서부터 반회전하며 진곤의 오른 뺨을 강타했다.

쑤와앙!

손이 나아가는 전면의 공간이 종이 찢어지듯 갈라지며 세찬 파공성이 났다.

무서운 속도, 막대한 위력.

반신이 마비된 진곤이 피할 수 있을 리 만무했다.

빠악!

진곤의 거구가 화탄에 직격당한 것처럼 일직선을 그리며 삼

장을 날아갔다. 그가 날아간 궤적을 따라 시뻘건 핏물과 부서진 이빨 조각이 사방으로 비산했다.

틱, 틱, 틱, 틱, 틱, 틸퍼덕!

연못에 납작한 돌을 던졌을 때나 볼 수 있는 모양새로 여러 번 지면에서 튕긴 진곤의 몸이 정지했을 때서야 사람들은 진곤이 어떤 상태인지 확인할 수 있었다.

피를 뒤집어쓴 듯한 진곤의 얼굴은 코와 광대뼈, 그리고 입과 턱뼈가 형태를 제대로 알아볼 수 없을 만큼 뭉개져 있었다.

쉴 새 없이 피거품이 올라오는 입과 흰자위만 보이는 눈으로 봐서는 쉽게 정신을 차릴 수 있을 듯하지도 않았다.

자신을 공격하던 진곤의 신형이 눈앞에서 갑자기 사라지자 어리둥절했던 화태건은 싱긋 웃는 산하를 보고 안도의 한숨과 함께 그 자리에 주저앉았다.

"헛!"

진곤을 보고 경호성을 토하는 육흉과 오도칠은 현실이 믿어지지 않는 듯 눈만 깜박였다.

일행의 수장인 상명효의 눈에도 충격을 받은 기색이 역력했다.

그는 자타가 공인하는 흑도의 마두였고, 그 명성(?)에 걸맞은 무공을 익힌 자였다.

눈 또한 능력에 걸맞게 좋았다.

다른 사람들은 산하의 손이 어떻게 움직였는지 정확하게 보지 못했다.

하지만 그는 산하가 공력을 사용하지 않고 진곤의 귀싸대기를 후려갈겼다는 것을 알아차렸다.

더불어 만약 산하가 손에 공력을 돋우어 쳤다면 진곤의 목 위는 텅 비어 있었을 거라는 것도.

'군더더기가 전혀 없는 움직임, 정확하고 빠를 뿐만 아니라 힘을 집중시킬 줄 아는 자다. 둘째 아우를 일초에 쓰러뜨리면서도 무공을 사용할 필요조차 느끼지 못했다는 건가.'

그는 무서운 눈으로 오도칠을 흘겨보았다.

그 눈길을 느낀 오도칠이 사색이 된 얼굴로 몸을 떨었다.

상명효는 천천히 숨을 들이마셨다.

그는 도산검림이라는 무림에서 산전수전 다 겪으면서 오늘날까지 살아남은 자다.

'마천루에 들며 우리 일곱이 배운 묵갑마공(墨鉀魔功)은 철신갑에 못하지 않은 외문공부인데 저놈의 단순한 따귀 한 대에 무너지다니…… 저자가 정말 무공을 사용할 필요조차 느끼지 못한 것이라면… 나 혼자 왔다면 일진이 사나울 수도 있었겠구먼.'

그에게서 방금 전까지 흘러나오던 여유 만만하던 기세는 더 이상 찾아볼 수 없었다.

상명효의 상념은 그리 길지 않았다.

길어질 수도 없었다.

지면에 널브러진 진곤을 일별한 산하가 그를 향해 어슬렁어슬렁 걸어오고 있었기 때문이다.

그는 진곤에게 접근할 때처럼 보법을 사용하지 않았다.

그저 걸을 뿐이었다.

그러나 정면에서 그의 장대한 체구와 흔들림없는 눈을 볼 수밖에 없는 사람들은 만근 바위에 눌리기라도 한 것처럼 숨도 쉬기 힘들 정도의 압박감을 느꼈다.

"저 자식, 같이 쳐야겠다."

이빨 사이로 새는 듯한 상명효의 말에 셋째인 장일지를 비롯한 오흉이 일제히 고개를 끄덕였다.

그들도 산하를 보며 상명효와 비슷한 판단을 하고 있었기에 아무도 토를 달지 않았다.

산하와 그들의 거리는 눈 서너 번 깜박할 사이에 사라졌다.

먼저 움직인 사람은 역시 산하였다.

때리기(?)로 작정한 마당이었다.

망설일 이유가 없는 것이다.

그의 첫 번째 표적이 된 사람은 칠흉의 다섯째인 곽배였다. 곽배의 번들거리는 눈빛이 유난히 거슬린다거나 해서는 아니었다. 단지 그와의 거리가 가장 가까웠기 때문이다.

산하의 시선을 받은 곽배는 침을 꿀꺽 삼켰다.

산하의 맑고 큰 두 눈은 더 이상 순해 보이지 않았다. 늘 따스하던 그의 눈은 하나의 감정을 담고 빛나고 있었다.

분노였다.

담겨진 감정이 변한 것만으로도 산하의 전체적인 분위기는 판이하게 달라졌다.

산하를 보는 사람들은 예외없이 강철처럼 단단하고 태산처럼 무거운 기세를 느끼고 있었다.

싸움이 시작되기 직전 화태건이 느낀 것이 바로 이것이었다.

기세에서 밀리면 싸움은 어려워진다.

숱한 실전을 겪은 곽배는 그 사실을 잘 알고 있었다.

그는 자신의 기세가 스러지고 있다는 것을 깨닫고 이를 악물었다. 그리고 소리쳤다.

"이 잡놈, 둘째 형을 저렇게 만들어! 명년 오늘이 네 제삿날이 되게 해주마!"

소리는 컸다. 하지만 곽배는 먼저 움직이지 않았다. 대신 상명효를 비롯한 오홍이 그의 좌우로 붙으며 산하를 포위해 나갔다.

"이놈이나 저놈이나 입만 살았군."

눈썹을 살짝 찡그리며 낮게 투덜거린 산하가 한 발을 크게 내디뎠다.

곽배와 그와의 거리는 불과 여섯 자.

쿠웅!

마른하늘에 날벼락이 떨어지는 듯한 소리와 함께 지진이 난 것처럼 방원 십 장의 땅이 들썩였다.

흙먼지가 미친 듯이 피어올랐고, 지면은 가뭄 든 논바닥처럼 쩌저적 소리를 내며 이리저리 갈라졌다.

상상치도 못했던 땅의 변화에 육흉의 신형이 비틀거렸다.

가공할 위세의 진각.

산하의 굵은 음성이 진각의 뒤를 이어 싸움터를 울렸다.

"이빨 물어!"

진곤의 몰골을 본 곽배다.

그는 반사적으로 이를 악물었다.

그 순간 허벅지 근처에 있던 산하의 오른손이 활짝 펴지며 곽배의 왼뺨을 향해 공간을 가로질러 날아갔다.

아래에서 위로 사선을 그리며 날아드는 장(掌).

쑤와앙!

진곤이 타격당했을 때와 같은 파공음이 사람들의 귀청을 떨어 울렸다.

곽배의 얼굴은 사색이 되었다.

진곤이 맞는 걸 구경할 때도 제대로 보지 못했던 일장이다. 직접 당하는 입장이 되자 상대의 손은 보이지도 않았고, 그 위세는 구경할 때와는 차원이 달랐다.

코앞의 공간이 무너지며 마치 항거할 수 없는 재앙과도 같은 해일이 자신을 덮치는 듯했다.

보이지도 않는데 피할 여유가 있겠는가.

곽배는 반사적으로 양 팔뚝을 교차시켜 얼굴 앞을 막았다.

저잣거리의 시정잡배들이나 보일 법한 동작. 일류 소리를 듣는 고수의 대응치고는 정말 어이없는 것이었다.

그러나 그것이 그가 할 수 있는 최선이었다. 별 의미 없는 발버둥에 불과했지만.

그만큼 산하의 손은 빨랐다.

산하의 손바닥은 곽배의 양팔을 부러뜨렸다. 그러고도 멈추지 않고 곽배의 오른뺨을 인정사정없이 후려쳤다.

쾅!

빠직!

살과 살이 마주칠 때 나는 소리라고 생각되지 않는 폭음과 뼈가 으스러지는 기음이 동시에 났다.

곽배의 두 발이 허공에 떴다.

"크왁!"

팔과 얼굴 반면이 부서지는 고통을 이기지 못한 곽배의 입에서 처참한 비명이 터져 나왔다.

비명은 짧았다.

맞고 난 직후 정신을 잃었으니까.

피와 부서진 이가 허공을 날았다.

직선을 그리며 뒤로 오 장을 날아간 곽배의 몸이 힘없이 지면을 나뒹굴었다.

곽배가 당하는 동안 상명효와 사흉도 놀고만 있지는 않았다.

이를 꾹 문(?) 상명효는 묵갑마공을 극성까지 끌어올렸다. 그리고 드러난 산하의 우측 관자놀이와 허리를 향해 주먹을 휘둘렀다.

송곳처럼 날카로운 기운이 그의 주먹에서 쏟아져 나왔다.

묵갑마공과 함께 마천루에 들어와 익힌 쇄옥추(碎玉錘)였
다.

이들 무공은 그가 자신의 코를 뭉개놓은 소림승을 상대하기
위해 배운 것들이고, 그만큼 위력에 자신을 가지고 있는 무공
들이었다.

다른 사흉도 자신들의 무공 중 가장 자신있는 초식으로 산
하를 공격했다.

셋째 장일지는 허공으로 뛰어오르며 산하의 머리를 장으로
눌러갔고, 넷째 탁등은 주저앉아 휘도는 탄력을 이용해 산하
의 발목을 뒤꿈치로 내질러 갔다.

여섯째인 표덕조는 두 발을 모아 산하의 가슴을 짓쳤고, 칠
흉 중 유일하게 무기를 사용하는 일곱째 형보는 좌측에서 애
병인 대두도로 산하의 목을 수평으로 베어갔다.

전력을 다한 공격.

특별한 합격술을 연마한 적이 없는 칠흉이지만 동고동락한
세월이 수십 년이다.

그들의 공격은 다른 사람의 공격을 보조하는 역할까지 포함
하고 있어 절정의 고수라도 빠져나갈 구멍을 찾기 어려울 만
큼 정교한 그물을 형성하며 산하를 뒤덮었다.

싸움을 지켜보던 화태건의 낯빛이 창백해졌다. 그러나 그
표정은 곧 풀어졌다.

공격의 한복판에 있는 산하의 표정에 아무런 변화가 없는
것을 보았기 때문이다.

곽배를 일격으로 날려 버린 산하는 그 자리에 우뚝 섰다.

하나의 철탑이 서 있는 듯 굳건한 모습.

오흥의 공격이 그의 전신을 두드리려는 찰나,

산하의 오른발이 정면 우상방으로 성큼 움직이며 넉 자 앞 지면을 밟았다.

그 간단한 한 동작에 상명효의 두 주먹과 그의 정수리를 노리던 장일지의 일장이 허공을 쳤다. 그리고 형보의 대두도 또한 헛되이 산하가 있던 자리를 가르며 지나갔다.

산하의 움직임은 보법이라고 하기도 어려웠다. 한 걸음 앞으로 나갔을 뿐이니까. 그러나 그 움직이는 속도는 그를 공격하던 자들의 눈을 부릅뜨게 만들 정도로 경이로웠다.

육안으로 따라잡기 어려울 정도로 빠른 것이다.

세 사람의 공격이 헛손질로 끝날 때 산하의 가슴을 모둠발로 걷어차던 표덕조의 안색은 흙빛이 되어 있었다.

두 발이 떠 있으니 당연히 그의 몸도 지면과 수평을 이루며 다섯 자 허공에 떠 있었다.

그런 그의 좌측 허리 부분에 산하의 몸이 불쑥 나타났던 것이다.

그리고,

예의 그 육중하면서도 이제는 듣는 사람의 이를 절로 악물게 만드는 산하의 음성이 그의 귀를 파고들었다.

"이빨 물어!"

산하는 허공에 수평으로 떠 있는 표덕조를 위에서 아래로 후려쳤다.

쑤와왕!

빠악!

진곤과 곽배와는 달리 표덕조는 산하에게 최초의 경험을 시켜주었다.

산하가 표덕조의 뺨을 후려갈긴 손은 왼손이었던 것이다.

"컥!"

숨 막히는 신음 소리와 함께 표덕조의 신형이 무서운 기세로 지면과 충돌했다.

쾅!

그는 큰대자로 사지를 벌리고 쭉 뻗었다.

뒤통수도 깨진 듯 쓰러진 그의 머리 뒤로 핏물이 배어 나왔고, 뭉개진 얼굴 주변에는 이빨 조각이 널렸다.

산하의 움직임은 끝나지 않았다.

후단퇴의 초식으로 산하의 발목을 걸어차던 탁등은 자신의 발이 허공을 쳤다는 것을 깨달았다.

산하가 그의 목표였던 왼발을 반 자가량 들어 올렸던 것이다.

탁등의 입이 딱 벌어졌다.

표덕조에게 일격을 가함과 동시에 산하는 지체없이 몸을 틀며 반보를 움직였고, 그것으로 그는 탁등과 석 자밖에 떨어지지 않은 자리를 점했다.

"이빨 물으라니까!"

쑤와왕!

빠악!

이번에는 비명도 없었다.

탁등은 반쯤 주저앉은 자세로 후단퇴를 사용했다.

무서운 기세로 왼쪽 뺨을 얻어맞은 탁등의 몸은 그대로 옆으로 쓰러졌다.

콰당!

맞자마자 얼굴이 부서지며 기절. 그리고 그의 몸은 지면을 파헤치며 삼 장을 밀려났다.

흙과 잔돌이 어지럽게 튀었다.

표덕조와 탁등이 쓰러졌을 때에서야 상명효와 장일지, 형보는 자신들의 공격을 회수하며 초식을 변화시켰다. 산하의 움직임이 얼마나 빨랐는지 알 수 있었다.

장일지는 허공을 친 발을 거두며 막 땅에 내려서고 있는 중이었다. 그에게 허공을 밟으며 움직일 정도의 능력은 없었다. 어쩔 수 없이 생겨난 그 시간의 틈을 산하가 파고들었다.

탁등을 일격으로 날려 버린 산하의 신형이 빙글 뒤로 돈다 싶더니 장일지의 코앞에 솟아나듯 나타났다. 다섯 자의 공간을 움직이는 동작은 아예 보이지도 않았다.

"이, 이형환위?"

상명효가 떨리는 음성으로 중얼거리는 순간,

"이제는 말 안 해도 알아서 이빨을 무는군."

낮고 굵은 음성과 함께,

빠악!

"어흑!"

다섯 번째 뼈 부러지는 소리와 무참한 비명 소리가 울렸다.

쾅!

그리고 얼굴 반쪽이 박살 난 장일지가 폭풍에 휘말린 가랑잎처럼 사오 장 밖으로 날아가 지면에 처박히는 것이 상명효의 눈에 들어왔다.

싸움이 시작된 지 서른을 헤아릴 시간도 지나지 않았다.

그 짧은 시간 동안 강서성에서 그 이름만 들어도 우는 아이의 울음을 그치게 만든다는 강서칠흉 중의 다섯 명이 초주검이 되어 널브러졌다.

상황이 이 정도가 되면 천하 없는 바보라도 자신들의 상대가 차원이 다른 고수라는 것을 깨닫지 못할 리 없다.

상명효도 그것을 깨달았다.

그리고 그는 당장 뒤돌아서 도망치는 게 현명한 일이라는 것도 깨달았다. 박살 난 동생들이야 나중에 챙겨주면 될 일이다.

그의 악명을 생각하면 황당하기 이를 데 없는 일이었다. 그러나 그를 뭐라 할 수도 없었다.

그보다 더한 인물이라도 눈앞의 상황을 본다면 도망치고 싶었을 테니까.

공력을 싣지 않은 단순한 귀싸대기 한 방에 묵갑마공으로 바위처럼 강하게 단련된 육체를 모래성처럼 무너뜨리는 고수다. 그가 상대할 수 있는 인물이 아닌 것이다.

그러나 올 때는 쉬워도 가는 건 쉽지 않았다. 산하가 그것을 허락한다면 몰라도.

물론 산하는 그것을 허락할 생각이 전혀 없었다.

자신의 팔다리를 꺾어놓겠다고 한 건 그냥 웃고 지나가면 그만이었다. 그 정도의 협박은 그에게 애교 이상의 의미가 없었다.

그러나 유청림을 윤간하고 연아를 들개의 먹이로 주겠다고 한 말은 그렇게 웃고 지나갈 수 없는 일이었다.

그가 허락할 리가 있겠는가.

산하는 상명효가 뒤로 빠지는 기색을 알아차렸다.

그의 눈빛이 강해졌다.

아직 멀쩡한 부하 한 명이 있음에도 일행의 수장 격인 자가 도망가려 하는 것이다.

형보는 첫째인 상명효가 슬금슬금 뒤로 물러나는 것을 보지 못했다. 다섯 명의 의형제가 떡이 되어 쓰러진 것을 본 터라 그의 눈에는 핏발이 곤두섰다.

"죽인다!"

거친 고함과 함께 그는 산하에게 달려들며 대두도를 사선으로 내리그었다.

맹렬한 풍압이 산하의 오른쪽 어깨로 떨어졌다.

산하는 제자리에 우뚝 멈춰 섰다.

그리고 소맷자락을 걷어붙여 팔뚝까지 맨살이 드러난 팔을 들어 얼굴을 막았다.

쿵!

산하의 팔뚝과 부딪친 형보의 대두도는 둔중한 소리와 함께 자석에 달라붙은 쇠붙이처럼 정지되었다.

형보의 얼굴에 불신의 기색이 자욱하게 번졌다.

평생을 고련한 사십 년 공력과 대광도법의 정수를 전부 쏟아부은 일도였다.

그런 공격이 팔뚝에 가로막힌 것이다. 오묘한 초식에 그랬다면 이해도 가고 억울하지도 않았을 것이다.

그런데 팔뚝이라니. 아무리 근육밖에 보이지 않는 팔뚝이라고는 해도 너무한 일이 아닌가.

다행히 그의 억울함은 오래가지 않았다.

앙다문 그의 뺨에 산하의 오른 손바닥이 작렬했다.

빠악!

"커억!"

쿵!

뼈 부러지는 소리가 날 때는 벌써 등을 돌린 상명효다.

보지 않아도 형보가 어떤 몰골이 되어 널브러졌을지 충분히 상상이 되었다.

그는 산하를 공격하는 데 사용했던 전 공력을 신법 쪽으로 돌렸다.

그리고 지면을 박찼다.

"꾸웩!"

신형을 날려 멀어졌어야 할 상명효의 입에서 돼지 멱따는 비명이 흘러나왔다.

그는 하늘을 본 자세로 공중에 수평으로 떠 있었는데 몰골이 묘했다.

두 발은 바쁘게 움직이는데 몸은 떠 있는 상태 그대로 움직이지 못하고 있었던 것이다.

상명효의 얼굴은 썩은 돼지 간 빛으로 변했다.

그의 얼굴을 산하가 내려다보고 있었다.

산하의 왼손은 뒤에서 그의 목을 움켜잡고 있었다.

그 시점은 막 상명효가 신법을 펼치려는 찰나였다. 그래서 상명효는 앞으로 달려가지 못하고 공중에 떠버렸던 것이다. 비명도 그래서 지를 수밖에 없었고.

상명효를 내려다보는 산하의 눈빛은 무서웠다.

그는 상명효의 목덜미를 잡은 채 그를 돌려서 똑바로 세웠다.

그리고 말했다.

"부하를 두고 도망가는 건 사내가 할 짓이 아니야. 차라리 죽느니만 못하다."

"제발……!"

상명효는 우는소리로 빌려고 했다. 하지만 산하는 단호하게 고개를 저었다.

이어지는 소음.

212

빠악! 빠악!

이번엔 두 번이었다.

상명효의 목에서 손을 뗀 산하의 양손이 번갈아 상명효의
뺨을 후려갈긴 때문이었다.

그 속도는 소름이 돋을 정도로 빨랐다.

한쪽만 맞았으면 상명효도 다른 자들과 마찬가지로 날아갔
을 것이다.

그러나 양쪽을 거의 동시에 얻어맞자 그는 그 자리에 못 박
혀 선 채 양 뺨과 턱이 박살이 났다.

피거품을 가득 문 상명효의 눈이 뒤로 돌아가며 흰자위가
드러났다. 그리고 그는 통나무처럼 그대로 뒤로 넘어갔다.

콰당!

…….

싸움은 끝났다.

멀쩡하게 남은 건 오도칠과 그의 수하들뿐이었다.

그들의 바지 앞부분은 축축했고, 두 발 근처는 축축하게 젖
어 있었다.

오줌을 지린 것이다.

산하가 손짓으로 그들을 불렀다.

후다다다닥!

쏘아낸 화살도 그들보다 빠르지는 못할 것이다.

산하가 자신의 앞으로 달려와 부동자세로 선 오도칠에게 말
했다.

"저들을 챙겨가라."

오도칠은 침을 꿀꺽 삼키며 대답하지 못했다.

그의 눈에 눈물이 그렁그렁하게 맺혔다.

산하가 자신에게 손을 쓰지 않으려 한다는 것을 눈치 빠른 그는 알아차린 것이다.

그는 이마가 땅에 닿을 정도로 허리를 숙였다.

"살려주셔서 감사합니다요, 대협!"

다른 사내들도 감격한 얼굴로 허리를 꺾었다.

"은혜가 하해와 같사옵니다요, 대협!"

어디서 주워들은 말은 있는 모양이었다.

산하가 발치에 쓰러져 있는 상명효를 눈으로 가리키며 말했다.

"또 오면 저들 꼴로 만들어주겠다."

오도칠의 얼굴이 밀랍 인형처럼 하얗게 떴다.

그는 세차게 고개를 저었다.

"절대로… 절대로… 오지 않겠습니다요. 믿어주십시오, 대협."

"가라."

오도칠과 흑의인들이 피 칠갑을 한 강서칠흉을 둘러메고 끙끙거리며 사라지는 데는 촌각도 걸리지 않았다.

오도칠과 강서칠흉이 떠나는 것을 잠시 지켜보던 산하의 시선이 무심히 사방을 한번 돌아보았다.

산하는 강서칠흉을 상대하며 조금 과하게 손을 썼다. 무공

214

의 일부도 보였다.

그렇게 한 것은 유청림 모녀를 지켜보는 자들에게 보내는 일종의 경고였다. 그들이 그 경고의 의미를 제대로 이해할지는 미지수였지만.

산하는 화태건과 유청림 모녀가 있는 곳으로 갔다.

화태건은 안간힘을 쓰며 허리를 세우고 앉아 있었는데 얼굴이 백지장처럼 희었다.

유청림은 품에서 손수건을 꺼내 화태건의 입에 묻은 피를 닦아주는 중이었고, 연아는 많이 놀란 듯 유청림의 소맷자락을 붙잡고 울먹이고 있었다.

"형님… 몸… 진짜 끝내줍니다."

창백한 얼굴에 어울리지 않는 환한 웃음과 함께 화태건이 산하를 맞았다.

산하는 싱긋 웃었다.

화태건도 힘없이 웃으며 물었다.

"이번에는 한 번밖에 안 맞으셨어요."

한 번의 칼질.

산하가 덤덤한 어투로 대답했다.

"나는 내가 맞아도 되겠다고 생각하지 않으면 누구한테도 안 맞아."

그가 이어서 물었다.

"많이 아프냐?"

"칼을 팔뚝으로… 막고 멀쩡한 형님… 앞에서 아프다고…

215

하기는 좀 그렇죠. 쿡쿡쿡, 그냥저냥 견딜 만합니다."

"저들이 개과천선할까?"

"그건⋯ 모르겠습니다. 하지만 한 가지는 확실하게 알겠습니다. 다시는 형님 뒤통수 칠 생각을 하지는 못할 겁니다. 쿡쿡쿡, 쿨럭!"

화태건이 한 움큼의 피를 토했다.

연아의 얼굴이 두려움과 걱정으로 울상이 되었다.

산하가 말했다.

"운기해라."

"예."

화태건은 편안한 표정으로 가부좌를 틀며 눈을 감았다.

싸움이 끝나지 않았을 때는 산하가 걱정되어 운기도 하지 못했던 것이다.

화태건이 운기에 들어가자마자 유청림은 연아를 안고 두어 걸음 뒤로 물러나 앉았다.

무인에게 운기조식할 때가 얼마나 위험한지 모른다면 나올 수 없는 행동.

산하는 자신이 생각한 대로 그녀가 무림에 대해 문외한이 아니라는 것을 알 수 있었다.

잠시 그녀를 지켜보던 산하가 말했다.

"유 낭랑, 괜찮습니까?"

"제 걱정은 하지 않으셔도 돼요. 이렇게 멀쩡한 걸요. 그런데 정말 괜찮으신 거예요?"

유청림의 시선은 산하의 팔뚝에 못 박혀 있었다.

형보의 대두도를 막은 팔뚝이다.

"제 몸이 남들보다 쪼~ 끔 단단합니다. 하하하!"

산하가 뒷머리를 긁적이며 웃자 유청림도 환하게 웃었다.

두 사람을 번갈아보던 연아의 얼굴에도 웃음이 번졌다. 연아가 머리를 한껏 젖치고 산하를 보며 말했다.

"멧돼지 아저씨, 나 엄청 무서웠다!"

산하는 허리를 굽혀 연아를 번쩍 안아 들었다.

"웃차! 아저씨가 있는데 뭐가 무서워."

앙증맞은 손으로 산하의 커다란 손을 부여안은 연아가 힘차게 고개를 끄덕였다.

"응, 앞으로 안 무서워할게."

"그래야지."

산하는 한 손으로 연아의 허리를 잡고 아이의 머리를 부드럽게 쓸었다.

연아는 이틀 동안 잘 먹고 산하의 목말을 타며 편안하게 왔다. 완연히 통통해진 연아의 얼굴이 솜이불 속에 들어간 고양이처럼 편안하게 풀어졌다.

연아와 산하의 눈높이 차이는 크지 않다.

산하를 올려다보며 연아가 말했다.

"아저씨, 우리 엄마 아까처럼 꼭 지켜줘야 돼?"

산하의 얼굴에 어리둥절한 빛이 떠올랐다.

말을 하는 연아의 얼굴이 다섯 살 아이답지 않게 진지했기 때문이다. 엄마와 단둘이 살면서 겪은 적지 않은 고생이 아이를 다섯 살 답지 않게 만들었다.

산하는 연아의 머리를 거푸 쓰다듬었다.

아이는 아이답게 커야 했다. 조숙하고 똑똑한 것이 꼭 좋은 것만은 아닌 것이다.

그는 남다른 어린 시절을 거쳤기에 연아와 같은 아이가 더 안쓰러웠다.

그는 망설임없이 고개를 끄덕이며 말했다.

"그럼. 약속할게."

"손가락."

연아가 오른손 엄지를 곧추세웠다.

산하는 오른손 검지 끝마디를 연아의 엄지에 가져다 대었다.

잡는 것은 불가능했다.

연아의 엄지는 산하의 검지 한 마디보다 작았으니까.

연아의 말에 고개를 가로저으며 가늘게 한숨을 내쉰 유청림이 말했다.

"강 소협, 연아의 말은 신경 쓰지 마세요. 아이가 너무 어려서 할 말 못할 말을 아직 가리지 못하거든요."

"그런 걸 가릴 줄 알면 아이가 아니죠."

산하는 아무렇지도 않게 말을 받으며 갑자기 연아를 허공으로 일 장이나 높이 집어 던졌다.

"연아야, 날아보자!'

동행하는 동안 이미 여러 차례 했던 놀이.

연아의 얼굴에 두려움은 티끌만치도 보이지 않았다.

"꺄르르르! 꺄르르르!"

연아의 입에서 흘러나온 맑고 짤랑짤랑한 웃음소리가 평원 가득 울려 퍼졌다.

第八章

평원의 한구석.

어스름 해질녘.

"일행 중에 강서칠흉을 각기 단 일 격에 쓰러뜨린 놈이 있다는 거지."

중얼거리는 중년 검객 동만일의 얼굴엔 곤혹스러운 기색이 가득했다. 그의 혼잣말은 계속되었다.

"대체 어디서 그런 놈이 튀어나온 거야? 그리고 유청림과는 무슨 관계인데 동행하는 거야? 우연히 만난 거라고 생각했는데… 그런 놈을 우연히 만난다는 게 말이 되나?"

머리가 아픈지 그는 관자놀이를 손가락으로 꾹꾹 눌렀다.

그의 앞에 서 있는 두 청년은 꿀 먹은 벙어리처럼 아무 말도 하지 못하고 그의 혼잣말을 듣기만 했다.

동만일은 뒤에 있는 나무에 등을 기대며 앞의 두 장년인 중 왼쪽의 신봉량에게 물었다.

"너, 제대로 본 거 맞냐?"

신봉량은 몸이 뻣뻣해질 정도로 긴장했다.

"예, 부당주님. 이 두 눈으로 똑똑히 보았습니다."

굳어 있긴 해도 신봉량의 음성은 당찼다. 그는 어깨를 나란히 하고 있는 서우길과 함께 동만일의 심복이다.

동만일은 이마를 싸쥐었다.

그는 자타가 공인하는 일류고수였다. 그러나 죽었다 깨어나도 강서칠흉 전부를 단신으로 상대해서 이길 수는 없었다.

최대치로 보아도 칠흉의 첫째인 패력권 상명효와 호각으로 싸우면 선전했다는 소리를 들을 수 있을 것이다.

이번 임무를 맡으며 그는 부하 열다섯 명을 데리고 왔다.

하지만 맡은 일 자체가 머릿수가 필요할 뿐 고수가 필요한 건 아니어서 열다섯 명 중에 일류 소리를 들을 만한 무공의 소유자는 두 명밖에 안 되었다.

이들 전부를 데리고 강서칠흉과 싸우면 백이면 백 필패에 전멸이 뻔했다.

그런데 유청림 일행 중에 섞여 있는 곰 같은 거한은 혼자서 칠흉을 박살 냈다. 그것도 한 명당 단 일 초만을 써서.

신봉량이 본 게 사실이라면 그 거한은 구름 속의 신룡과 같아서 인연이 없으면 평생 가도 한 번 보기 어렵다는 절정지경의 고수였다.

신봉량은 멀리서 보았기에 산하가 일정한 초식을 사용하지 않았다는 것까지는 알아보지 못했다.

만약 그것을 보았다면 이후 벌어지게 될 일들은 그 방향이 조금 달라졌을지도 몰랐다. 그러나 신봉량은 그것을 보지 못했다.

'나이가 삼십도 안 되어 보인다고 했는데……'

동만일에게 더 고민스러웠던 것은 거한의 나이였다.

'유청림이 칠흉과 원한이 있다는 얘기는 들어보지 못했다. 그럼 그 거한이 칠흉과 싸운 건 유청림과는 무관하게 그 개인의 은원 때문이라고 봐야겠지. 그 나이에 그 정도 무위라면 그 자의 사부는 당대 최고 수준의 고수일 수밖에 없는데… 그런 인물을 키울 만한 당대 최고 고수라면… 신주육천공이나 천중구마존……. 설마…….'

천하를 석권하고 있는 거인들의 이름을 떠올린 그는 모골이 송연해졌다.

그는 고개를 저었다.

'흑의로 갈아입기 전의 그자는 떠돌이 낭인도 울고 갈 만큼 복장이 추레했었다. 그들의 후인이라면 그런 몰골로 다닐 리가 없어. 하지만 그들의 후인이 아니라도 그에 버금가는 역사와 전통을 가진 거대 문파의 제자임이 틀림없다. 그 나이에 저 정도의 무위를 가진 고수를 키울 만한 문파는 몇 없으니까. 빌

어먹을, 잘못하면 벌집을 건드린 꼴이 될 수도 있는데. 머리 터지겠다.'

그의 입술 사이로 거푸 한숨이 흘러나왔다.

난관이었다.

동만일의 판단은 지극히 상식적인 것이었다.

조실부모하고 산중기연을 얻어 젊은 나이에 초강고수가 된다는 시중의 이야기는 발에 차일 정도로 많다. 하지만 실제 그렇게 하늘의 예쁨을 한 몸에 받은 사람은 수백 년에 한 명 나올까 말까 하다.

거한이 그런 인물일 가능성은 만에 하나도 되지 않았다. 그런 식의 황당무계한 판단은 배제되었다.

그는 무공뿐만 아니라 조직 장악 능력과 업무 수행 능력도 탁월해서 뒷배 하나 없이 사십대 초반에 보(堡)의 신륜당 부당주 지위까지 올랐다.

당연히 머리도 좋은 편이었고, 상황을 파악하는 능력도 뛰어났다.

세파를 거치며 단련된 그의 예민한 감각은 이번 임무를 포기하고 돌아가야 한다고 말하고 있었다.

예감이 그만큼 좋지 않았다.

그러나 이대로 돌아가는 건 그가 지금까지 이룩한 모든 것을 포기한다는 것을 의미했다.

귀보(歸堡)는 그의 선택 사항 중에 포함될 여지가 없었다.

그가 서우길에게 물었다.

"손휘와 곽지상의 종적은 여전히 오리무중이냐?"

그때까지 말없이 서 있기만 하던 서우길이 고개를 푹 숙였다.

신봉량은 유청림 일행을 맡았고, 그는 표적들을 맡았다.

그가 기어들어 가는 음성으로 대답했다.

"죄송합니다. 하루쯤 전 근처에 도착한 건 확실합니다만… 워낙 조심스럽게 움직이고 있어서 꼬리를 잡기가 쉽지 않습니다."

서우길의 대답을 들은 동만일은 마음을 굳혔다.

'후우, 가능하면 그 계집과 아이는 건드리지 않고 일을 진행하려 했는데…….'

최초의 계획은 유청림을 미끼로 삼아 물고기를 낚듯이 표적을 잡아들이는 것이었다.

만약 손휘와 곽지상이 좀 더 빨리 유청림 근처에 도착하고, 거한과 소년이 유청림과 일행이 되지 않았다면 그의 계획은 지금쯤 마무리되었을 것이다.

그가 목표로 하는 손휘와 곽지상은 유청림의 주위에 자신들이 있다는 것을 알면 백기를 들고 나올 수밖에 없는 자들이었기 때문이다.

그런데 거한과 소년이 유청림과 합류하면서 일이 꼬였다.

동만일의 고민이 많아질 수밖에.

그는 이번 일을 맡을 때부터 탐탁해하지 않았다.

직책이 직책인지라 일을 맡긴 했지만 그는 명망이 자자한 정도 문파의 중견 간부였다. 여자와 어린아이에게 손을 대는 게 마음에 들 리 없었다.

그는 내심 혀를 찼다.

'내키지 않아도 해야지. 월봉 받고 사는 인생, 까라면 까야 지 별수있나.'

예상치 못했던 변수가 발생한 이상 처음의 계획대로 밀고 나가는 건 무리였다.

계획을 수정하는 수밖에 없었다.

'먼저 그 거한에 대해 알아보자. 만약 그자가 유청림과 범상 한 관계가 아니고 뒷배가 든든하다면 상부에 보고하고 어떻게 할지 재지휘를 받자. 빠져나갈 구멍은 만들어봐야지. 보주님 께서 거신 시한이 아직 십오 일 정도 남았으니까 여유는 있다. 만약 거한과 유청림이 별 관계가 없고, 거한의 뒷배가 걱정할 정도가 아니라고 밝혀지면……. 그래도 그 거한이 옆에 있을 때 시도하기에는 위험부담이 너무 커. 최상의 상황은 십오 일 안에 그들이 헤어지는 거다. 그러면 그 자식들도 버티지 못하 고 튀어나오겠지. 그때 잡으면 되고, 만약 거한이 유청림과 헤 어지지 않으면… 거한이 옆에 있지 않을 때 납치하자.'

생각을 이어가는 동만일의 입술 사이로 희미하게 이빨 가는 소리가 났다.

그를 지금 이렇게 고생시키는 자의 얼굴이 떠오른 때문이었 다.

"으드드득!"

'살아서도 보주님 얼굴에 똥칠을 하더니 죽어서는 보 전체를 괴롭히는구나. 아들을 잃으신 노태태를 생각하는 보주의 마음을 이해하지 못하는 건 아니지만 만약 이번 행사가 강호에 소문나면 앞으로 어떻게 얼굴을 들고 다닐까. 젠장할.'

그의 시선이 신봉량과 서우길을 훑었다.

'아무것도 모르는 부하들만 불쌍하지.'

그가 데리고 온 열다섯 명의 부하는 이번 임무의 배경에 대해 아는 것이 없었다.

그들이 아는 거라곤 보의 요인 가운데 한 명이 적이 보낸 살수에 의해 죽었다는 사실뿐이었다.

일의 전모를 알려면 보의 부당주 급 이상 정도 신분이 되어야 했다.

인상을 잔뜩 찌푸린 그는 자리를 털고 일어섰다.

그리고 신봉량과 서우길에게 말했다.

"긴장 바짝 해라."

어투가 사납다.

그의 꼬장꼬장하고 더러운 성질을 잘 아는 두 사람의 안색이 창백해지며 허리가 꼿꼿하게 섰다.

"우길아."

"예."

"하오문에 청부를 해서 유청림과 그 거한이 어떤 관계인지 알아봐라. 가능하면 그 거한의 정체도."

"알겠습니다."

"돈 아껴. 후려칠 수 있으면 후려치고."

누구의 지시인데 토를 달겠는가.

서우길의 대답이 반사적으로 튀어나왔다.

"옙!"

부하들이 뒤에서 부르는 동만일의 별명은 시어머니였다.

*   *   *

호북성 남부.

대륙을 동서로 가르는 거대한 장강이 구절양장으로 굽이치며 관통하는 지역이 호북성의 남부 지역이다. 그래서 호북성 남부는 크고 작은 호수가 헤아릴 수 없이 많고 하천이 미로처럼 얽혀 있다.

산하 일행은 강서성의 북쪽 경계를 지난 후 호북성 남부의 통산(通山)을 거쳐 적벽(赤壁)을 지났다.

여기까지는 육로였다.

길 안내는 화태건이 맡았다.

그는 원거리 여행 경험은 많지 않다고 했지만 적은 경험에 비하면 호북성의 지리를 잘 알았다.

유청림이 아는 지리 지식은 어설펐고, 산하는 그저 직진하는 것밖에 몰라서 눈먼 장님이나 마찬가지였다.

화태건은 적벽에서 서북쪽으로 칠십여 리 올라간 곳에 있는 장강변의 홍호(洪湖)에서 배를 타자고 했다.

230

유청림의 목적지인 형주도 장강 변에 자리 잡고 있는 곳이라 홍호에서 배를 타면 형주까지는 편하게 갈 수 있었다.

배를 탄다는 말에 유청림 모녀는 즐거워했다.

산하도 좋아하며 승낙했는데 속사정은 다른 사람과 달랐다.

그는 배를 타면 주변에서 얼쩡거리는 이들을 떼어낼 수 있으리라 생각했다.

유청림과 연아를 배려하며 천천히 걸은 터라 그들이 적벽을 지난 건 호북성에 들어서고도 육 일이 지났을 때였다.

행로는 한가롭고 평탄했다.

칠흉과의 싸움 이후 일행을 번거롭게 하는 일은 일어나지 않았다. 설령 번거로운 일이 일어난다 해도 신경 쓸 사람도 없었다.

산하는 원래 어떤 일이 벌어지든 신경 쓰는 성격이 아니다. 그리고 화태건과 유청림 모녀는 하늘이 두 쪽이 나는 일이 벌어지더라도 거뜬히 막아줄 것이라고 철석같이 믿게 된 천년거암 같은 보호자가 바로 뒤에 버티고 있었으니 신경 쓸 이유가 없는 것이다.

제일 신이 난 건 연아였다.

아이들은 자신을 아끼는 사람을 본능적으로 알아차린다. 그리고 자신이 애정 어린 관심을 받을 뿐만 아니라 안전하기까지 하다는 것을 확신하면 밝고 명랑해진다.

산하와 동행하고 열흘도 되지 않았지만 연아는 유청림이 이전의 연아를 생각하며 가슴 아파할 만큼 활달해졌고, 어린아이다워졌다.

투정도 부릴 줄 알게 되었고, 가끔은 떼를 썼으며, 낯선 사람도 두려워하지 않았고, 눈치도 덜 보았다.

신시 초(오후 3시경).

수수현에서 이곳까지 오는 동안 늘 푸르고 화창하던 하늘에 먹구름이 가득 끼며 하늘이 손에 닿을 듯 낮아지고 있었다.

눅눅한 습기로 인해 공기가 무거워졌다.

"형님, 비가 올 모양인데요."

왼쪽 어깨에는 크기가 많이 줄어든 행낭을 메고, 오른쪽 어깨에는 연아를 앉혀놓고 걷던 산하가 하늘을 올려다보았다.

"그렇군."

달리 들으면 어정쩡하게까지 들리는 덤덤한 어투.

자신도 모르게 풀썩 웃은 화태건이 말을 받았다.

"훗, 피할 곳을 찾아봐야 할 것 같아요. 물가라 비가 많이 오면 이 길도 물에 잠길지 몰라요. 그럼 위험합니다."

"그래라."

화태건이 바쁘게 주변을 돌아보았다.

이럴 때 산하는 전혀 도움이 되지 않는다.

폭우가 쏟아진다 해도 그러려니 하며 온몸으로 비를 맞을 사람이 그였기 때문이다.

그나마 비가 올 것 같다는 화태건의 말에 그가 반응을 보인 건 유청림 모녀가 있어서였다.

그들이 없었다면 산하는 비를 피한다는 생각 자체를 하지도 않을 터였다.

주변을 돌아본 화태건은 눈살을 찌푸렸다.

그들은 오른편에 폭 오육 장가량의 작은 강을 따라 난 관도를 걷는 중이었다.

왼편은 이름을 알 수 없는 산이었는데, 높지는 않아도 아름드리 거목들이 늘어섰고 계곡이 깊었다.

시야가 닿는 어디에도 비를 피할 만한 인가는 보이지 않았다.

그사이에 하늘은 금방이라도 비를 쏟아부을 듯 시커멓게 변해갔다.

한 번 더 천색을 살핀 화태건의 말이 빨라졌다.

"동굴이라도 찾아봐야겠는데요, 형님."

"그래야 할 것 같군."

산하는 태평했다.

화태건은 산하의 반응을 전혀 개의치 않았다.

그도 이제는 산하의 성격을 아는 것이다.

그는 조금 걱정스러운 투로 유청림에게 말했다.

"산에 오르면 비를 피할 만한 곳이 있을 겁니다, 유 낭랑."

그의 마음을 아는 유청림이 부드럽게 웃었다.

"저와 연아 걱정은 하지 마세요. 이래 봬도 시골에서 농사를 지으며 살았다고 했잖아요."

생긴 건 물 한 방울 안 묻히고 살았을 것 같은 유청림이라 화태건은 그녀의 말을 믿지 않았다. 자신의 부담을 덜어주려는 것이라 생각했을 뿐이다.

화태건이 앞장서서 막 숲으로 들어서려 할 때였다.

산하가 손을 들어 산의 중턱을 가리키며 말했다.

"저기로 가자."

"예?"

산하가 가리킨 곳을 본 화태건은 고개를 갸웃했다. 이백여 장 떨어진 곳이었는데, 다른 곳처럼 나무가 우거져 어둡게까지 보이는 곳이었다.

산하가 말했다.

"건물이 있다. 사당처럼 보여. 비를 피할 수 있을 듯하다."

산하의 말이라면 어떤 말이든 일단 믿고 보는 화태건의 얼굴이 환해졌다.

그리고 유청림은 경이에 찬 얼굴로 산하를 보았다.

그녀가 아니라 무공의 고수라 해도 경악했을 것이다.

평지도 아닌 우거진 숲 속에 있는 건물을, 그것도 거리가 이백여 장이나 떨어져 있고 사방은 먹구름 때문에 한밤중처럼 어두워진 상태가 아닌가.

허실생동(虛實生同)의 경지에 도달하지 못한 사람이라면 꿈도 꿀 수 없는 안력이었다.

그러나 유청림은 무공에 문외한이고, 화태건은 무공에 별 관심이 없어 산하의 안력이 어느 정도의 경지에 도달해야 얻을 수 있는 것인지 알지 못했다.

사실 그 편이 훨씬 속이 편한 일일지도 몰랐다.

모르는 게 약이고 아는 게 병이라는 말도 있지 않은가.

"내가 앞장서겠다."

산하는 짤막한 말과 함께 연아를 어깨에서 내려 품에 안으며 화태건의 앞으로 나섰다.

강철 같은 팔뚝에 안긴 연아가 그의 품을 파고들었다.

연아에게 산하의 품은 유청림의 품과 또 다른 의미를 가지고 있었다.

유청림의 품이 평온함을 얻을 수 있는 장소라면 산하의 품은 천재지변이 벌어지더라도 연아를 지켜줄 것이 분명한, 천하에서 가장 안전한 장소였다.

산하가 맨 앞, 유청림이 그 뒤, 화태건이 제일 뒤에 섰다.

나무가 우거지긴 했어도 산세는 그리 험하지 않아서 이백 장을 전진하는 데는 반 시진 정도밖에 걸리지 않았다.

산하가 본 것은 사당이 맞았다.

담장은 처음부터 없었던 듯했고, 앞마당은 무릎까지 오는 잡풀이 무성한데다 달랑 한 채 있는 건물은 허물어질 듯 낡긴 했지만 다행히 지붕은 온전했다.

건물 안은 먼지와 부서진 기물이 어지럽게 널려 있었다.

토지신을 모셨던 듯했지만 사람의 발길이 오랫동안 닿지 않은 탓에 벽에 모셔졌던 신상은 깨지고 부서져 정체를 확인하기도 어려울 정도였다.

산하와 화태건은 급한 대로 건물 중앙에 사람이 앉을 만한 정도로 치우고 모닥불을 피웠다.

모닥불 주변에 둘러앉았을 때 거칠게 쏟아지는 빗방울이 사당의 지붕을 두드려 댔다.

쏴아아아아!

후두둑! 후두둑!

화태건은 품에서 천을 꺼내어 바닥에 깔고 등에 메고 있던 행낭에서 먹을 것들을 꺼냈다.

적벽을 지날 때 객점에서 산 것들이다.

말린 음식이 주종이었지만 종류는 다양했다.

화태건은 유청림 모녀와 일행이 된 후로는 먹고 자는 데 돈을 아끼지 않았다.

유청림이 챙겨주는 것뿐만 아니라 맛있어 보이는 음식에는 전부 연아의 고사리 같은 손가락이 닿았다. 다섯 살짜리 아이의 손이 휘저으니 천 위의 음식은 금방 어지러워졌다.

유청림이 엄한 얼굴로 연아에게 눈을 흘겼다.

"멧돼지 아저씨!"

연아는 유청림을 향해 혀를 날름 내밀어 보이고는 슬금슬금 일어나 쪼르르 달려가 책상다리를 하고 앉은 산하의 오른쪽 무릎 위에 폴짝 뛰어올랐다.

산하는 빙긋 웃으며 연아를 들어 올려 편하게 앉혔다.

"그냥 두세요, 유 낭랑."

"뭘 하든 강 소협이 다 받아주시니까 점점 버릇이 없어져요."

유청림은 조금 난감한 듯 웃으며 말했다. 하지만 말투는 온

화하고 부드러웠다.

산하는 큰 눈을 몇 번 껌벅이다가 말했다.

"언제나 아기처럼 생각이 드시겠지만 아이에게도 세월은 옵니다. 어느 순간이 되면 아이는 갑자기 크죠. 그러면… 잔소리할 기회도 없게 됩니다. 알아서 다 하니까요."

그는 연아의 한 갈래로 길게 땋은 머리카락을 쓰다듬었다.

그를 보는 유청림의 눈빛이 깊어졌다.

그녀는 함께하는 시간이 길어질수록 산하가 신비스러웠다.

화태건의 말대로라면 그의 나이는 열아홉이다. 하지만 조금 전 그가 한 말은 그의 나이를 믿기 어렵게 했다.

동행하는 동안 이런 경우가 종종 있었다.

산하는 입이 무겁지는 않았다. 그렇다고 말을 많이 하는 편도 아니었다.

적당히 분위기를 맞출 줄도 알았고, 연아와는 되지도 않는 말장난도 잘했다.

체구는 결코 평범하지 않았지만 하는 행동은 평범한 사람에 가까웠다.

그러나 간간이 그의 눈에 스쳐 지나가는 별빛을 닮은 섬광과 삶의 무게를 느끼게 하는 말들은 그녀가 산하를 평범하게 보는 것을 불가능하게 했다.

산하의 무릎 위에 앉은 연아는 유청림을 잊었다.

연아가 정수리가 산하의 가슴에 닿을 정도로 고개를 뒤로 젖히고 산하를 보며 말했다.

"멧돼지 아저씨, 나 그거 해줘."

"뭐?"

연아가 손으로 자신의 턱을 잡고 흔드는 시늉을 했다.

산하는 웃으며 고개를 끄덕였다. 그리고 검지로 연아의 작은 턱을 감아쥐고 살살, 하지만 빠르게 아래위로 흔들었다.

연아는 입을 조금 벌리고 있었다. 그 상태에서 턱을 아래위로 흔들면 이빨이 부딪치게 된다.

"따다다다다다다다닥, 꺄아! 따다다닥, 까르르르! 따다닥……."

이빨이 부딪치는 소리와 자지러지는 아이의 맑은 웃음소리가 사당 안을 울렸다.

유청림은 그 모습을 보며 어쩔 수 없다는 듯 웃어버렸다.

그래도 연아가 산하보고 두 눈동자를 가운데로 모으는 걸 시키지 않은 게 다행이었다.

산하를 향한 유청림의 시선이 거두어질 기미를 보이지 않자 볼이 부은 화태건이 지나가는 어조로 유청림에게 물었다.

"유 낭랑, 그런데 형주에는 왜 가시는 겁니까? 축천(逐川)에서 형주까지는 너무 먼 길인데……."

유청림의 얼굴에 얼핏 흠칫한 기색이 떠올랐다 사라졌다.

그녀의 기색에 화태건은 제풀에 놀라 버렸다.

사실 처음 만났을 때부터 묻고 싶었던 것을 꾹꾹 참다가 분위기를 핑계로 물어본 참이다.

그런데 유청림의 반응이 과했다.

그는 묻지 말아야 할 걸 물었다는 걸 직감적으로 깨달았다.

화태건은 풀 죽은 얼굴로 유청림의 눈치를 살폈다.

유청림은 보일 듯 말 듯 가늘게 한숨을 내쉬었다.

화태건의 질문은 이상하다고 할 수 없는 것이었다.

그녀는 첫날 자신이 축천에서 왔다고 말했는데, 축천은 강서성 남쪽 끝에 있는 지역으로 그녀의 목적지인 호북성 형주와 이천여 리나 떨어져 있었다.

몸에 무공이라고는 일초반식도 익히지 않은 미모의 여인이 수중에 돈 몇 푼 없이 다섯 살배기 아이를 데리고 그 먼 거리를 가고 있는데 그 속사정을 궁금해하지 않을 사람이 어디에 있겠는가.

화태건의 질문은 늦어도 한참 늦었다.

잠시 망설이던 유청림이 작은 한숨과 함께 입을 열었다.

"하아……."

그녀의 한숨에 화태건은 눈을 빛냈다.

유청림이 무언가 말하려 하는 기색이라는 것을 알 수 있었던 것이다.

"비밀 같은 것이 있어서 말하지 않은 건 아니에요. 내용이 그리 마음 편한 것이 아니라서예요."

화태건은 어쩔 줄 모르는 표정이 되었다.

산하와 연아를 보며 밝기만 했던 유청림의 얼굴이 사당 밖으로 보이는 하늘만큼이나 흐렸다.

그가 한 질문이 그렇게 만든 것이다.

"죄송합니다……."

"무슨 말을요."

유청림은 부드러운 어투로 말을 이었다.

"저는 호북성 의창에 살았는데 열아홉에 남편을 만나 혼인을 하고 연아를 낳았어요. 남편은 뛰어나진 않아도 무공을 익힌 분이셨고요."

그녀의 음성이 작아졌다.

화태건은 유청림이 솟구치는 감정을 다스리기 힘들어하고 있다는 것을 알았다.

그의 눈빛이 강해졌다.

유청림의 눈에 깃든 슬픈 기색을 엿본 탓이었다.

'무슨 일이 있었기에…….'

유청림은 아름답고 연약해 보이는 외모와는 달리 강한 여인이었다.

화태건은 그녀와 동행하는 동안 그녀가 흐트러진 모습을 단한 번도 보지 못했다.

유청림의 말은 계속되었다.

"제가 의창에 살 때 저를 좋아했던 사람이 있었어요. 집요한 사람이었죠. 제가 남편을 만나 연아를 낳았다는 것을 알면서도 그 사람은 어떻게든 저를 데리고 가려고 했어요. 저와 남편은 혼인한 직후부터 그 사람을 피해 끊임없이 이사를 해야 했지요. 그러다가 일 년 전에 정착한 곳이 축천이었어요."

화태건은 입을 딱 벌렸다.

호북성 의창에서 강서성 축천까지 피해 다녀야 했을 정도라면 유청림을 원했다는 자의 집요함은 가히 병적이라 할 만했다.

"그런… 후레자식이!"

그의 거친 욕설에 볼을 붉힌 유청림이 연아를 보며 화태건에게 눈짓을 했다.

아이 앞이니 말조심을 하라는 눈짓.

화태건이 고개를 숙였다.

"죄송해요."

감정을 다스린 듯 한결 부드러워진 얼굴로 유청림이 말했다.

"제가 남편을 마지막으로 본 것이 다섯 달 전이에요. 그분은 저를 쫓아다녔던 사람과 담판을 지어야겠다는 서신 한 장만을 남기고 떠났어요. 그리고 지금까지 아무 소식도 없어요. 저는 남편의 소식을 기다리다가 더 이상 참을 수 없어서 나선 길에 강 소협과 화 소협을 만난 거예요."

"그럼 형주는……?"

"형주에는 남편의 의동생 중 한 분이 살아요. 손휘라는 분인데, 그분과 남편은 감추는 것이 없는 사이지요. 저는 그분을 만나기 위해 형주로 가는 길이에요. 그분이라면 남편의 소식을 알고 있을 테니까요."

그때까지 연아와 놀고 있던 산하가 갑자기 물었다.

"유 낭랑에게 집착했다는 자가 누굽니까?"

241

유청림과 화태건은 흠칫했다.

유청림을 보는 산하의 시선이나 말을 하는 어투는 평소와 비슷했다. 하지만 뭔가 다른 것이 있었다. 그러나 무엇이 다른지 말하라면 또 딱 꼬집어서 말할 수가 없었다.

미묘했다.

유청림이 대답했다.

"위군양이라는 사람이에요."

무림에 문외한이나 다름없는 산하는 당연히 모르는 이름이었다. 하지만 화태건은 들어본 적이 있는 듯 이맛살을 찌푸렸다.

그가 말했다.

"어디선가 들어본 이름이네요. 그런데… 별로 좋은 기억이 아닌 듯싶어요. 그 이름 들으니까 기분이 나빠지는 걸 봐서요."

유청림이 쓸쓸하게 웃었다.

"화 소협도 곰곰이 생각해 보면 생각이 날 거예요. 유명한 사람이니까요. 주색잡기로 가문의 명성에 먹칠하고 다니는 것으로 말이지요."

화태건이 다시 물었다.

"가문이라면?"

"그는 당대 숭양보주(崇陽堡主)인 철장(鐵掌) 위군학의 하나뿐인 친동생이에요."

화태건의 안색이 살짝 변했다.

"숭양보라구요?"

산하가 물었다.

"아는 곳이냐?"

화태건은 인상을 잔뜩 찌푸리며 말했다.

"예, 그 위군양이라는 인간도 기억이 납니다. 탐화견자(探花犬子) 위군양. 분명 그 개자식이에요."

화태건은 생각만 해도 열이 나는지 씨근덕거리며 말을 이었다.

"숭양보라면 호북성에서 대단한 위세를 떨치고 있는 명문입니다. 전승되는 무공도 강하고 역사도 꽤 돼서 아마 백 년 가까이 되는 걸로 알고 있고요."

화태건이 숨을 돌리기 위에 입을 다문 순간 유청림이 끼어들었다.

"그들은… 자신들이 지닌 힘도 무척 강하지만 사실 호북성에서는 그들의 배경을 더 두려워하죠."

화태건이 고개를 끄덕였다.

"저도 들은 적이 있습니다. 그들은 호북성의 공손세가를 호위하는 삼대지파 중의 하납니다."

"공손세가?"

낮게 되묻듯 중얼거리는 산하의 굵은 눈썹이 꿈틀거렸다.

그의 강호 견식은 일천하다. 그러나 아무것도 모를 정도는 아니다. 산적들과 그들의 수괴(?)인 장파릉 덕분이다.

언젠가 장파릉이 했던 무림의 이야기 중에 공손세가라는 이름이 포함되어 있었던 것이 그의 뇌리에 떠올랐다.

그가 물었다.

"공손세가라면 청천단심맹(晴天丹心盟)의 사대기둥 중 하나라는 그 가문 아니냐?"

"맞습니다, 형님."

언제나 태평하던 산하의 얼굴이 미미하게 찌푸려졌다.

숭양보에 이어 나오는 이름들이 하나같이 가볍게 여길 수 없는 것이었다.

청천단심맹.

공손세가.

이들의 이름 뒤에는 반드시 따라붙는 존재들이 있다.

마천루.

그리고,

신주육천공과 천중구마존.

그가 유청림에게 말했다.

"꼭 형주로 가셔야 합니까?"

형주는 의창에서 이백여 리밖에 떨어져 있지 않다.

형주로 갈수록 의창과 가까워진다.

위험이 점점 커지는 것이다.

산하의 말뜻을 이해한 유청림은 망설임없이 고개를 끄덕였다.

"남편은 저 때문에 먼 길을 떠났어요. 무섭다고 외면할 수는 없는 일이지요."

산하는 한일자로 굳게 입을 다물고 말없이 유청림의 눈을 응시했다.

유청림도 흔들림없는 눈으로 산하의 눈을 받았다.

화태건은 초조한 얼굴로 두 사람을 번갈아 보다가 산하에게 시선을 고정시켰다.

초조함과 기대가 어린 눈빛이었다.

하지만 잠시 흐르던 침묵을 깬 산하가 뒷머리를 긁적이며 한 말은 그의 기대와 달라도 너무나 달랐다.

"제가 주제넘었습니다, 유 낭랑."

"별말씀을. 마음 써주셔서 감사하기만 한 걸요."

유청림이 환하게 웃었다.

산하는 그녀를 보며 감탄했다.

유청림은 진실로 마음이 강한 여인이었다.

그는 어린 시절 자신을 아꼈던 유 노인을 생각나게 하는 유청림이 점점 더 마음에 들었다.

유 노인은 말했었다.

두려움을 모르는 자는 용기있는 자가 아니라 그저 단순한 바보일 뿐이라고. 진정으로 용기있는 자는 두려움을 모르는 자가 아니라 두려움을 솔직하게 인정하고 그것을 극복하는 자라고.

"형님……."

화태건이 아쉬움을 가득 담은 목소리로 산하를 불렀다. 그는 산하가 유청림을 돕기를 바랐다. 사심(?)이 전혀 없는 바람이라고 하기는 어려웠지만.

산하는 씨익 웃으며 고개를 저었다.

화태건의 머릿속에 산하의 굵은 음성이 종 치듯 울렸다.

[유 낭랑은 남편의 일에 우리가 끼어드는 걸 허락하지 않을 거다. 그 탐화견자인가 하는 인간의 선에서 일이 마무리되면 다행이지만 일이 커지면 우리에게 해가 갈 거라고 생각하니까. 지금 얘기해 봐야 공연히 그녀의 마음만 상하게 할 뿐이다.]

화태건의 표정에 놀람과 기쁨의 빛이 엇갈렸다.

놀람은 산하가 일류고수도 시전하기 어렵다는 전음지술을 아무렇지도 않게 시전했다는 것과 유청림의 속을 마치 손바닥 들여다보는 것처럼 파악하고 있는 통찰력 때문이었다.

그리고 기쁨은 유청림이 하는 일을 방관하지 않겠다는 산하의 마음을 읽을 수 있었기 때문이다.

화태건은 유청림이 이상하게 생각하지 않도록 표정을 관리하며 관자놀이를 꾹꾹 눌렀다.

'그런데 무슨 전음이 귀로 들리지 않고 머릿속에서 울리는 거지? 게다가 저런 통찰력이라니……. 정말 형님이 가끔 보여 주는 말과 행동은 겉모습과는 무시무시하게 어울리지 않는단 말이야. 그래도… 쿡쿡쿡.'

그의 웃음 가득한 시선이 연신 유청림을 힐끔거렸다.

그러다가 그가 생각난 듯 물었다.

"유 낭랑, 어떻게 그 위군양이라는 인간과 악연을 맺게 되신 겁니까?"

"악연은… 악연이지요."

유청림은 작게 중얼거린 후 말을 이었다.

"저는 기녀였어요."

화태건은 충격을 받은 듯 눈의 초점이 흐트러졌다.

산하도 생각지 못했던 말에 커다란 눈을 껌벅였다. 산에서
자랐다고 기녀도 모를 정도로 세상물정에 어두운 그가 아니
다. 다 장파릉을 비롯한 산적들 덕분이다.

화태건이 더듬거리며 되물었다.

"기… 기녀요?"

유청림은 조금 어두운 얼굴이 되어 고개를 끄덕였다.

"속일 생각은 없었어요. 그리 자랑스러운 과거가 아니어서
말을 하고 싶지 않았을 뿐이에요."

산하가 불쑥 말했다.

"제 의형 중의 한 분은 산적입니다. 그것도 산적 두목이죠."

산하를 돌아보는 유청림의 눈에 고마움의 기색이 담겼다.

"화 소협, 기녀가 청루의 기녀와 홍루의 기녀로 나뉜다는 건
아시나요?"

"예, 압니다."

화태건의 눈에 초점이 돌아왔다.

그는 놀란 기색을 보였다는 게 부끄러운 듯 뺨이 붉게 물들
어 있었다.

그가 말했다.

247

"죄송합니다, 유 낭랑. 솔직히 많이 놀랐습니다. 하지만 직업이 그러셨다고 해서 제가 유 낭랑을 다르게 보지 않는다는 건 알아주셨으면 합니다."

의젓하고 정중한 어조.

유청림은 환하게 웃었다.

진심이라는 것을 알 수 있었던 것이다.

화태건은 지나치게(?) 활달한 면이 있었지만 솔직하고 마음이 여렸다.

"고마워요."

그녀가 말을 이었다.

"저는 의창의 여선루(女仙樓)라는 청루에서 일했어요. 노래와 춤으로 손님을 즐겁게 하는 기녀였지요. 위군양은 그곳에서 만났어요. 남편도 그곳에서 만났고요."

유청림은 입을 닫았다.

이후의 일은 이미 말했다.

화태건도 더 이상은 아무것도 묻지 못했다.

질문을 할 때마다 등에 식은땀이 날 정도로 난감한 대답을 듣자 감히 물을 수가 없었다.

산하도 말이 없었다.

유청림이 기녀였다는 것에 실망 같은 걸 할 그가 아니었다. 그는 오히려 유청림의 기구하다면 기구한 삶에 안타까움을 느꼈다.

그의 눈길이 부서진 문밖을 향했다.

쏴아아아아아!

하늘에 구멍이라도 난 것처럼 장대비가 쏟아지고 있었다.

'어렸을 때는 천하에 나처럼 불행한 운명을 타고 태어난 사람이 없을 거라고 생각하곤 했었지.'

스승과 함께했던 지난날을 떠올리며 산하는 소리없이 웃었다.

철없는 시절이었다.

'천하인들 중에 너만 한 사연을 갖지 않은 사람은 아무도 없다는 스승님의 말씀을 들을 때마다 속으로는 믿을 수 없습니다를 연발했었고.'

돌아가신 스승을 생각하는 그의 눈에 아련한 그리움이 떠올랐다.

그의 시선이 자신의 품 안에서 어느새 잠이 든 연아와 고개를 숙이고 상념에 잠긴 유청림을 번갈아 훑었다.

마음 한구석에 서늘한 바람이 스쳐 지나가는 느낌에 그는 커다란 눈을 껌벅였다.

'마음이 가는 대로 살아라. 그것이 스승님의 마지막 말씀이셨지. 어떤 뜻이 담겨 있는지 이해할 수가 없어서 죄송스럽기만 했는데, 혹 지금의 내 마음을 가리키셨던 건 아니었을까.'

산하의 눈 깊은 곳에서 강렬한 섬광이 일었다.

그것은 계속해서 마음을 괴롭히던 문제의 해답에 한 발자국 가까이 다가간 사람에게서 볼 수 있는 작은 깨달음의 빛이었다.

안타깝게도 유청림과 화태건은 산하의 변화를 보지 못했다.

그렇지만 그들은 자신들도 알지 못하는 사이 무림사에 신화와 전설로 남을 자리를 함께하고 있었다.

이 순간,

산하의 마음속에 후일 일보진천(一步震天) 일권천붕(一拳天崩) 괴협독보(怪俠獨步) 철산군림(鐵山君臨)이라 불리게 되는 무림행의 씨앗이 발아하고 있었던 것이다.

第九章

쏴아아아아!

어둠이 나래를 펴는 시간이 되어도 비는 그칠 기미를 보이지 않았다.

유청림은 연아를 안고 잠이 들었고, 화태건도 피로했는지 큰대자로 누워 코를 골았다.

산하만 큰 눈을 껌벅이며 간간이 약해지려는 모닥불에 나뭇조각을 집어넣어 불길을 되살리고 있었다.

쌔액, 쌔액.

'연아의 숨소리……'

쿠우울! 쿠우울!

'건아의 숨소리……'

유청림의 숨소리는 생김새만큼이나 곱고 가지런해서 딱히 표현할 말이 없었다.

산하는 유청림의 품을 파고들기 위해 꼼지락거리는 연아의 몸짓을 보며 싱긋 웃었다.

미소를 지으며 느릿하게 모닥불을 뒤적이던 그의 굵은 눈썹이 미미하게 찌푸려졌다.

그는 오른손을 들어 검지로 허공의 한 점을 연속해서 세 번 찍었다.

변화는 없었다.

미세한 소음도 없었다.

산하는 천천히 자리에서 일어났다.

그와 함께 조금은 놀란 기색이 섞인 맑고 아름다운 여인의 음성이 사당 밖에서 들려왔다.

"소림일지선? 내가 제대로 본 게 맞는 건가? 당대의 소림제자 중에 격공점혈(隔空點穴)을 할 수 있을 정도로 일지선공을 성취한 사람이 있다는 얘기는 들어본 적이 없는데?"

옥구슬이 쟁반을 구르는 것처럼 경쾌하고 듣기 좋은 음성과 달리 그 내용은 저잣거리의 사내처럼 투박하고 거침이 없었다.

사당의 문 앞에는 언제 나타났는지 두 사람이 서 있었다.

도롱이를 걸치고 있는데도 비에 쫄딱 젖은 오른쪽 여인은 삼십대 초반 정도로 보였고, 도롱이가 없는데도 비 맞은 기색이 전혀 보이지 않는 왼쪽 여인은 이십대 중반쯤으로 보였다.

화사한 궁장 차림의 두 여인은 인세의 사람이 아닌 듯한 절세의 미녀들이었다.

산하의 큰 눈은 왼쪽의 좀 더 어려 보이는 여인을 향해 있었다.

그런데 그의 표정이 평소와 달랐다.

그는 곤혹스러워하는 기색이 역력했고, 한숨도 내쉬었다.

그와 눈이 마주친 여인이 흥미롭다는 얼굴로 말했다.

"호오, 소영아, 저 친구 눈썰미가 제법이야. 말한 사람이 나라는 걸 대번에 알아차린 모양인걸."

삼십대의 중년 미부 열락궁주 감소영은 사부 사마화정의 말을 들으며 그저 난감하다는 표정으로 고개만 끄덕였다.

그녀는 지금 벌어지는 상황을 이해하지 못하고 있었다.

이곳에 당도하기 전까지만 해도 사마화정은 눈앞의 철탑을 연상시키는 청년을 언급할 때 그분이라는 존칭을 사용했었다.

그런 그녀의 태도가 돌변한 건 거구의 청년이 일지선으로 추정되는 지법을 사용해서 곤히 잠을 자고 있던 세 사람을 격공점혈하는 걸 보고 난 후부터였다.

청년이 일지선을 사용한 것이 사마화정의 심기를 건드린 건 분명했다. 하지만 그 이유가 무엇인지 감소영은 짐작 가는 게 없었다.

사마화정과 함께 있는 경우 모르면 가만히 있는 게 현명했다.

괜히 아는 척하면 매를 벌 뿐이었다.

산하에게 고정된 사마화정의 두 눈은 어둠 속에서도 환하게 보일 정도로 강한 신광이 이글거렸다.

그녀가 여전히 거친 사내 같은 말투로 산하에게 말했다.

"네가 관제묘에서 사요랑에게 열락환희공을 언급했다는 얘기를 듣고 불원천리 달려왔다. 그런데 사용하는 무공이 소림의 일지선이라니…… 네놈 정체가 뭐냐?"

산하는 잠시 대답없이 큰 눈을 껌벅이며 사마화정을 보다가 한숨과 함께 뒷머리를 긁적였다.

그는 사마화정의 정체를 한눈에 알아보았다.

그녀는 유 노인이 말했던 모습 그대로였으니까.

그녀가 익힌 열락불사공(悅樂不死功)은 주안의 공능도 포함되어 있다.

세월도 그녀를 비껴갈 수밖에 없었으리라.

더구나 그녀의 왼쪽 귓불에 매달려 있는 조악하게까지 느껴지는 작은 토끼 모양의 귀고리를 보고 그녀의 정체를 어떻게 모를 수가 있을까.

그 귀고리를 선물한 사람이 유 노인이었다.

사마화정의 나이 열두 살 때.

사마화정은 아직도 그 귀고리를 하고 있는 것이다.

모른 척할까 하는 마음이 안 드는 건 아니었다.

하지만 그는 사십여 년 동안 애간장을 끓였을 사마화정의 마음을 알고 있었다.

인두겁을 쓰고 그녀를 모른 척할 수는 없었다.

그가 말했다.

"…할머니, 저는 강산하라고 합니다."

"하… 할… 머… 니……."

사마화정의 안색이 와락 일그러졌다. 흡사 철퇴로 뒤통수를 얻어맞기라도 한 사람 같은 표정이었다.

감소영의 얼굴도 일그러졌다. 그리고 다급히 고개를 비틀어 사마화정이 얼굴을 보지 못하게 했다.

그렇지 않으면 웃음을 참느라 새빨갛게 변한 얼굴을 들킬 게 뻔했기 때문이다.

어쨌든 맞는 말이었다. 겉보기는 묘령을 갓 넘은 절세의 미인이지만 사마화정의 실제 나이는 칠십을 넘었다.

사마화정은 대로한 듯 그린 듯 아름다운 두 눈썹을 역팔 자로 곤두세우며 씩씩거렸다.

"이… 이… 할머니라니? 내 어디가 할머니처럼 보인다는 말이냐! 너, 나처럼 예쁜 할머니 본 적 있냐? 한 번만 더 그따위 천인공노할 말을 뱉으면 혀를 뽑아버리겠다, 이놈!"

하지만 산하에게 그런 협박이 통할 리 없다.

산하는 부드러운 눈빛으로 사마화정을 보며 말했다.

"저는 할머니처럼 예쁜 할머니는 아직 본 적이 없습니다. 그럼 뭐라고 불러 드릴까요, 할머니?"

"컥!"

사마화정이 뒷목을 부여잡으며 비틀거렸다.

놀라 그녀를 부축하던 감소영은 고개를 갸웃하며 산하를 보았다.

저 청년은 사마화정의 정체를 알고 있다. 그렇지 않으면 사마화정을 할머니라고 부를 리가 없었다.

사마화정을 처음 본 사람은 누구나 그녀의 나이를 스물서너 살 정도로 본다.

감소영이 기억하기로 예외는 한 번도 없었다.

얼마나 성질이 났는지 사마화정의 눈에 실핏줄이 거미줄처럼 깔렸다. 하지만 성질은 말로 형용하기 어려울 정도이긴 해도 그녀는 천재에 가까운 두뇌의 소유자였다.

감소영이 알아차린 걸 그녀도 곧 알아차렸다.

"너… 나를 알고 있구나."

산하는 혀를 차며 난감한 표정으로 고개를 끄덕였다.

"예, 얘기를 들으시면 사람을 보낼 거라고 생각했습니다. 직접 오실 거라고는 생각지 못했습니다만…….

"그럼 역시…….

찰나지간 사마화정의 얼굴에서 노기가 흔적도 없이 사라졌다.

그녀의 두 눈은 설렘과 기대를 담고 산하를 보았다. 하지만 곧 그 설렘과 기대는 사라지고 의혹과 분노가 되살아났다.

감정의 기복이 어마어마하게 빠른 여인이었다.

그녀가 산중의 맹수처럼 사납게 기세를 돋우며 말했다.

"그런데 네가 어떻게 소림의 무공을 쓰고 있는 것이냐? 그분

258

의 진전을 이었다면 결코 소림의 무공을 쓸 수는 없을 텐데."

산하는 뒷머리를 긁적였다.

혹 사마화정을 보게 될지도 몰라서, 그리고 그녀를 만나면 분명 이런 질문을 받을 거라는 걸 알고 있었기 때문에 그는 사요랑에게 무공 명을 말한 것을 후회했던 것이다.

그가 말했다.

"사정이 복잡합니다."

"말해. 난 사정이 복잡한 걸 좋아한다."

"말씀드릴 수 없습니다."

"왜?"

"유언이셨습니다."

사마화정의 안색이 대변했다.

"돌아가셨단 말이냐?"

"예. 팔 년쯤 되었습니다."

털썩.

다리가 풀린 사마화정이 그 자리에 주저앉았다.

당황한 감소영이 무릎을 꿇으며 그녀를 부축했다.

"사부님……!"

사마화정은 감소영을 거들떠보지도 않았다. 그녀는 철탑처럼 서 있는 산하를 올려다보며 물었다.

"어떻게 돌아가셨느냐?"

"편히 가셨습니다."

사마화정의 얼굴이 샘솟듯 솟아난 눈물로 삽시간에 축축하게 젖어들었다.

그녀는 밖에 쏟아지는 비보다 더 많은 눈물을 흘렸다. 그러나 소리없는 울음이었다.

산하는 묵묵히 그녀를 바라만 보았다.

위로할 수 있는 성질의 눈물이 아니었다.

반 각 정도 소리없이 통곡하던 사마화정이 소매를 들어 쓱 얼굴을 닦았다. 그리고 산하에게 물었다.

"남기신 말씀은 없었느냐?"

"몇 가지 있긴 했는데 그것도 말씀드릴 수 없습니다."

"천하의 고집불통. 마지막까지 그렇게 가시다니……."

잠시 망설이던 산하가 말했다.

"그분이 말하지 말라는 금제를 하지 않으신 게 있습니다."

사마화정의 눈이 빛났다.

"그게 뭐지?"

"강호를 돌아다니다가 혹시라도 할머니를 뵙게 되면 고마웠었다는 말씀을 꼭 해달라고 하셨습니다."

갑자기 사마화정의 얼굴이 확 풀렸다.

그녀는 넋이 나간 듯 멍한 표정으로 천장을 올려다보다가 비틀거리며 일어났다.

"정말이냐?"

"예."

산하의 대답을 들은 사마화정의 얼굴에 화색이 돌아왔다.

언제 비틀거렸다는 듯 활기를 되찾은 그녀가 말했다.

"그분이 나에 대해 뭐라 하시더냐?"

산하는 움찔하며 말을 못하고 천장으로 시선을 돌렸다.

사마화정의 눈이 도끼눈이 되었다.

우드드드득!

양손을 마주 잡고 세차게 손가락을 꺾은 그녀가 말했다.

"좋게 말할 때 말해라."

무섭기는커녕 귀엽기만 했다.

산하는 아이를 좋아하고 귀여운 것에 약하다.

그는 어쩔 수 없다는 듯 어색하게 사마화정을 보며 말했다.

"듣고 화내지 않으신다고 약속하면 말씀드리겠습니다."

"화 안 내!"

"약속하신 겁니다?"

"그렇다니까!"

사마화정이 빽 소리를 질렀다.

우수수!

내력이 담긴 사마화정의 고성을 견디지 못하고 천장에서 먼지가 쏟아졌다.

슬쩍 소맷자락을 흔들어 유청림 모녀와 화태건을 덮치는 먼지를 날린 산하가 뒷머리를 긁적이며 말했다.

"노야께서는 할머니가 남자를… 밥 먹는 것보다 더 좋아하고, 머리는 좋은데 말보다 주먹이 빠를 정도로 성격이… 급하고 더러워서 노력에 노력을 거듭하면 어르신이 전해준 무공을 자신은 십 중 칠팔 정도 익힐 수 있을지 모르지만 아무리 노력

해도… 제자들에게는 십 중 서넛도 전하지 못할 것이라 하셨습니다."

"쿨럭!"

밭은기침 소리는 산하의 충격적인 말에 목이 막힌 감소영의 입에서 나왔다.

너무나 정확하게 사마화정을 평한 말이었다.

감소영은 사마화정이 화를 낼 거라고 생각했다. 저런 말을 듣고 화를 내지 않으면 사마화정이 요지나찰이라는 별호를 얻을 수 없었을 것이다.

다음에 벌어진 상황은 겉으로 볼 때 그녀의 예상과 일치되는 것이었다.

"이… 이……!"

입술 사이로 표현하기 어려운 신음을 흘린 사마화정의 움직임은 번개와 같았다.

바로 옆에 있던 감소영조차 그녀가 움직였다는 것을 깨달은 것은 사마화정의 손이 산하의 가슴에 닿을 때쯤이었으니까.

어깨를 미미하게 흔드는 것만으로 산하와의 거리를 없앤 사마화정은 만개하기 직전의 꽃잎처럼 손가락이 기이하게 안쪽으로 모인 우장으로 산하의 철벽같은 가슴을 눌러갔다.

살을 에는 살기와 뼈를 깎는 경풍이 벼락처럼 산하를 휩쓸었다.

지켜보던 감소영의 안색이 사색이 되어 손으로 입을 막았다. 그렇지 않으면 소리를 지르거나 비명을 토할 것 같았으니까.

사마화정이 펼치고 있는 것은 그녀의 필생 절학이자 열락궁 삼대절기 중 최강의 수법인 혈화겁멸인(血花劫滅印)이었다.

천하십대음유장력 중에서도 다섯 손가락 안에 든다는 평을 들을 만큼 그 위력이 뛰어난 일세의 절학.

혈화겁멸인의 무서움은 운기법에 격산타우의 수법이 포함되어 있어 외문기공이나 호신강기류 무공을 익힌 사람일수록 충격을 더 크게 받는다는 점에 있었다.

감소영은 산하가 사마화정의 공격을 피하거나 받아칠 것이라고 생각했다. 그녀는 산하를 보는 순간 그가 외문기공류의 신공을 익혔다는 것을 알아차린 상태였다.

사마화정이 옆에 있어서 빛을 발하지 못할 뿐 그녀도 강호상에서 절정고수로 인정받는 여고수다.

그러나 그녀의 생각은 틀렸다.

산하는 부드러운 눈빛으로 사마화정을 볼 뿐 피하지도 받아치지도 않았다.

불같은 신광을 토하던 사마화정의 눈에 놀람과 걱정의 빛이 찰나 떠올랐다.

동시에 그녀의 우장에 깃들었던 공력의 칠성이 회수되었다. 하지만 남은 오성의 공력만으로도 그 위세는 경인할 지경이었다. 일류라 불리는 사람이라도 감히 맞받아칠 수 없는 정도.

쿵!

바위가 절벽에 부딪칠 때나 날 법한 소리가 났다.

세찬 바람에 두 사람의 머리카락이 허공으로 말아 올랐다가 천천히 가라앉았다.

사마화정의 우장은 산하의 가슴에 닿아 있었다. 그녀는 너무도 놀라 눈을 부릅뜬 채 우장을 거두지 못했다.

"천혼(天魂)… 불사(不死)… 탄강(彈罡)……."

앓는 듯한 목소리였다.

산하는 영원히 무너지지 않는 철탑처럼 굳건하게 그 자리에 선 채 한 치도 움직이지 않았다. 충격을 받은 기색도 없었다.

감소영은 움직이려 했다.

산하가 화를 낼지도 모른다고 생각했기 때문이다. 저 거구의 청년은 사부의 혈화겁멸인을 맨몸으로 받아내는 절세의 고수다. 그가 손을 쓴다면 사마화정은 정말 위험했다.

그러나 그녀의 예상은 어긋나도 한참을 어긋났다.

산하는 화를 내는 대신 느릿하게 오른손을 들어 자신의 가슴을 친 사마화정의 손등을 덮었다. 그리고 왼손으로 그녀를 당겨 조심스럽게 가슴에 안았다.

"그 기법이 포함되어 있는 것은 맞지만 조금 다른 겁니다, 할머니."

굵고 낮은, 하지만 안쓰러움과 정감이 가득 담긴 음성이었다.

감소영은 상황의 변화에 넋을 잃었다.

사마화정은 자신을 안는 산하의 손길을 피하지 않았다. 오히려 양손을 벌려 그의 넓은 가슴을 꼭 끌어안았다.

사마화정은 또 울고 있었다.

예의 그 소리없는 통곡이다.

사마화정의 키는 작은 편이 아니다. 하지만 산하의 품에 안기자 고목나무에 매미가 붙은 것처럼 되었다. 키도 그렇지만 덩치의 차이가 극심했기 때문이다.

사마화정은 울고, 산하는 그런 사마화정의 등을 오른손으로 다독거렸다.

감소영은 그제야 사마화정의 노여움과 눈물이 모두 그리움에서 비롯되었다는 것을 알아차렸다.

그녀는 심장이 떨릴 정도로 놀랐다.

'대체 사부님과 저 청년이 언급한 노야란 분이 누구시기에 사부님께서 이런 반응을 보이시는 걸까?

수십 년 동안 사마화정의 수발을 들어온 그녀다. 하지만 그녀는 지금에 와서야 자신이 사부에 대해 아는 것이 너무도 적다는 것을 깨달았다.

그녀의 눈빛이 복잡하게 변해갈 즈음 사마화정이 산하의 가슴을 밀쳐 내며 뒤로 물러났다.

사마화정의 손에 닿았던 산하의 가슴 부위 옷이 고운 가루가 되어 흘러내렸다.

산하와 거리를 벌린 사마화정은 소맷자락을 들어 눈물을 쓱쓱 닦아내고 옷매무새를 단정하게 매만졌다.

감소영은 사마화정이 무엇을 하려고 저러나 멀뚱하게 바라보다가 대경실색했다.

사마화정이 갑자기 산하를 향해 대례를 올렸기 때문이다.

무릎을 꿇고 이마가 바닥에 닿도록 고개를 숙인 사마화정이 말했다.

"사마가의 화정이 소주인을 뵙습니다. 방금 전의 무례는… 저를 몇 대 때리고 용서해 주세요."

방금 전의 거친 말투는 오간 데 없고 조신한 요조숙녀(?)치고는 약간 이상한 말투가 그 자리를 차지했다.

"소, 소주인?"

기절초풍한 감소영의 얼굴이 흙빛이 되었다.

사마화정은 열락궁의 태상궁주이고 삼천 여제자의 생살여탈권을 한 손에 틀어쥐고 있는 존재다.

신분을 떠나 무림 중에서 그녀가 차지하는 위치가 어떤 것인데 어수룩해 보이는 청년의 종을 자처할 수 있단 말인가.

그녀에게 주인이 생긴다는 건 그 의미가 실로 작지 않았다.

산하는 난감한 얼굴로 두어 걸음 옆으로 비켰다.

그는 그렇게 놀란 얼굴이 아니었다. 마치 사마화정이 이렇게 나올 거라고 예상하고 있던 사람처럼.

오래전 사마화정은 유 노인을 모시는 시녀였다. 하지만 그것은 외견상의 신분이었을 뿐이고 실상 두 사람은 부녀지간이나 다름없었다.

두 살 때 거리에 버려져 굶주림과 추위에 떨며 죽어가던 사마화정을 거두어 키운 사람이 유 노인이었으니까.

"저는 노야의 제자가 아닙니다, 할머니."

산하가 지금까지 한 말을 돌이켜 보면 사실임을 어렵지 않게 알 수 있는 일.

게다가 사승 관계를 부인하면 무림인이 아니다.

"알고 있습니다. 마지막으로 뵈었을 때 그분은 더 이상 제자를 들이지 않겠다고 하셨으니까요. 하지만 소주인은 그분의 임종을 지키신 분이십니다."

다소곳이 앉은 자세 그대로 사마화정이 고개를 들어 산하를 보았다. 목이 뒤로 꺾어질 것처럼 젖혀졌다. 산하가 너무 큰 탓이다.

모양새는 별로 좋게 나오지 않았다. 하지만 사마화정은 진지했다. 그녀의 눈빛이 요요로운 빛을 발했다.

"저는 그분의 수발을 이십칠 년 동안 들었습니다, 소주인!"

사근사근한 어투. 그러나 깃들어 있는 기세는 대나무보다 더 곧고 강했다.

다른 말이 필요없었다.

산하는 사마화정을 속일 생각을 갖고 있지는 않았다. 아주 조금 사실을 숨기려고는 했다. 그리고 이제는 그녀를 속이는 것이 가능하지 않다는 것을 알았다.

그가 할 수 있는 건 하나뿐이었다.

뻗대는 것.

"그분은 제가 당신의 지난날에 매여 살기를 원치 않으셨습니다. 그리고 당신께서도 다시 이름이 강호상에 떠도는 것을 바라지 않으셨구요. 그러니까 돌아가십시오, 할머니."

그는 화태건과 유청림을 눈짓으로 가리키며 말을 이었다.

"저들도 깰 때가 되었습니다."

지법으로 수혈을 짚은 사람들이다. 시전자가 풀어주기 전에 깨어날 리가 없었다.

축객령인 것이다.

사마화정은 지체없이 자리에서 일어났다.

"가라고 하시니 가지요. 하지만 곧 돌아오겠습니다, 소주인."

'소주인이라니……'

산하의 전신에 굵은 닭살이 올올이 돋아났다.

'유 노야께서 걸리면 빠져나오기 어려우니 안 걸리게 조심하라고 신신당부하셨던 이유가 있었어. 질긴 할머니한테 잘못 걸린 것 같다.'

어리벙벙한 감소영의 뒷머리를 잡아 눌러 산하에게 강제로 인사를 시킨 사마화정은 자신도 허리를 깊이 숙여 인사했다.

"이 아이는 제 제자인 감소영이라고 합니다. 지금 열락궁을 맡고 있지요. 다음에 뵙고 제가 살아온 저간의 일들을 얘기할 기회가 있겠지요."

허리를 편 그녀가 말을 이었다.

"소주인, 근처에 숭양보의 아이들이 맴돌고 있던데 알고 계십니까?"

산하의 눈이 빛났다.

유청림의 말을 들으며 자신들을 뒤따르는 자들의 정체를 어림짐작했는데 사마화정이 확인을 해준 것이다.

그가 대답했다.

"예."

산하의 짧은 대답에 사마화정은 미소를 지었다.

그녀는 더 이상 아무 말도 하지 않고 사당을 나섰다.

산하가 그분의 진전을 이었다면 그녀가 그를 걱정하는 건 하늘이 무너질까 봐 걱정하는 것이나 다를 바 없을 만큼 헛된 일이었으니까.

쏴아아아아아!

비에 추적추적 젖어들어 가는 감소영과 달리 사마화정의 몸은 젖지 않았다.

빗물과 그녀의 몸 사이에는 일 촌가량의 빈 공간이 있었다.

빗물은 그 안으로 들어오지 못하고 미끄러졌다.

산하에게 하고 싶은 말도 많았고, 듣고 싶은 얘기도 많았다. 하지만 그녀는 기다려야 할 때라는 것을 알고 있었다. 그녀가 살아낸 세월이 가져다준 인내심이었다.

'소주인, 강호는 소주인의 생각처럼 그렇게 만만한 곳이 아니랍니다. 가지 많은 나무에 바람 잘 날이 없다는 속담이 왜 생겼는지 소주인도 머지않아 알게 되시겠지요. 흠, 그 인간에게도 소식을 전해야겠지. 그분의 후인이 강호에 나왔다는 걸 다른 경로로 알게 되면 날 죽이겠다고 달려들 테니……. 소주인이 그를 만나면 혹 생각이 바뀌실지도 모르고, 바뀌지 않으

서도 상관은 없어. 소주인이 당신처럼 사는 건 그분도 바라지 않으셨던 것 같으니까.'

그녀는 잠시 걱정스러운 기색으로 사당을 돌아보았다.

'하지만 강호의 바람을 맞다 보면 소주인의 뜻과 상관없이 소주인과 주인 어르신의 관계가 드러날 수 있어. 소주인이 주인 어르신의 후인이라는 것을… 그자들이 알게 되면 가만히 있지 않을 건 불을 보듯 뻔해. 이번에는… 절대로 그때와 같은 실수를 하지 않겠어. 소주인은 내가 지킬 거야. 지난날의 후회와 아쉬움을 씻어낼 수 있는 하늘이 준 기회, 절대로 놓치지 않을 거야!'

사마화정의 강렬한 결기를 담은 아름다운 두 눈이 어둠을 밝히며 타올랐다.

*　　　　*　　　　*

일각이 지나도록 백흠은 어이없어해야 할지 화를 내야 할지 감을 잡지 못했다.

일곱이나 되는 거구가, 그것도 나이가 사십을 지나 오십 줄에 접어든 사내들이 눈물을 글썽이며 자신을 바라보고 있었다.

못 볼 꼴 숱하게 보고 또 저지르기도 하며 살아온 그도 이런 꼴은 처음이었다.

백흠이 거구들을 보며 혼란스러워하고 있는 곳은 이 층으로

270

된 건물의 일층이었다.

내부는 오십 평 정도로 꽤 넓은 편이었고, 내부 장식도 상당히 화려했다.

안목이 있는 사람이라면 장식이 천박하고 조잡하다 평했을 장식이다. 하지만 이곳에 사는 사람들은 애당초 고아함과는 거리가 멀어서 남이 뭐라 하든 관심이 두지 않았다.

이곳에 사는 사람들은 패(覇)를 숭상했고, 힘으로 만사를 해결할 수 있다고 믿는 자들이었다.

그것은 당연했다.

이곳이 당세 마도무림을 석권하다시피 하고 있는 마도일세(魔道一勢) 마천루(魔天樓)의 강서지단 북부지부였기 때문이다.

바닥에 무릎을 꿇고 백흠을 올려다보고 있는 자들은 상명효를 비롯한 강서칠흠이었다.

백흠은 가벼운 마음으로 자신이 관할하고 지역 중 최북단에 자리 잡고 있는 북부지부도 돌아보고 지부장인 상명효를 위로도 할 겸 지단을 떠나온 참이었다.

하지만 그를 기다리고 있는 북부지부의 상황은 그의 가볍기만 하던 기분을 단숨에 구만 리 밖으로 날려 버렸다.

그가 수신호위 열 명을 거느리고 북부지부에 도착한 것은 일각 전이었다.

맨발로 뛰어나와 그를 맞이한 강서칠흠은 얼굴의 절반이 일그러지고 이가 부서져서 말도 제대로 못했다.

그들이 익힌 묵갑마공이 아니었다면 살아 있을지 의심스러울 상처였다.

그들의 면면을 보고 평정심을 유지할 수 있을 정도로 백흠의 수양은 깊지 않았다. 그리고 평정심을 유지해서도 안 되었다.

그는 강서성의 마도무림을 책임지고 있는 마천루 강서지단주였으니까.

부하들의 복수를 해주지 않는다면 누가 그 상관을 믿고 따르겠는가.

길게 숨을 내쉬어 부글거리는 속을 달랜 백흠이 칠흉의 셋째 장일지를 향해 말했다.

"네가 글을 쓸 줄 알지?"

장일지는 지체없이 고개를 끄덕였다.

"어… 으……."

칠흉 중에 글을 아는 유일한 사람이 그다.

장일지의 턱이 제멋대로 움직이는 것을 본 백흠은 재차 숨을 길게 내쉬고 말했다.

"그 꼴 보고 있으니까 미칠 것 같구나. 무슨 일이 있었는지 하나도 빼놓지 말고 글로 써와라. 시간은 이각을 주마. 네놈들을 징계하는 건 네놈들을 그렇게 만든 놈의 시체 앞에서 하겠다."

엉망으로 일그러진 상명효와 육흉의 얼굴에 화색이 돌았다.

오도칠의 부추김을 받고 나섰던 행사는 상명효의 개인적인 복수심 때문이었다.

그래서 그는 자신이 겪은 일을 상부에 보고하지 못했다. 질책이 두려웠던 것이다.

백흠이 도착했을 때도 상부에 보고도 하지 않고 움직였다가 북부지부가 와해 지경에 이를 만한 피해를 입은 것에 대한 책임을 져야 할까 봐 간이 오그라들 대로 오그라들었었다.

그런데 백흠의 반응은 그의 예상과는 정반대였다.

눈물이 글썽거릴 정도로 바랐지만 감히 꺼낼 수 없었던 얘기를 백흠이 먼저 한 것이다.

상명효는 자신을 따귀 한 방에 무너뜨렸던 거한을 떠올리며 내심 이를 갈았다.

거한은 강했다.

그렇지만 백흠의 상대는 될 수가 없었다.

순수한 무공으로 싸운다면 그 거한이 백흠보다 강할지 몰랐다.

무공으로 싸운다면.

상명효의 부서진 턱이 덜컥거리며 일그러졌다.

소리가 나지는 않았지만 그는 웃고 있었다.

백흠의 별호는 십보단혼(十步斷魂). 그는 정파를 대표하는 독(毒)의 명가 사천당가에서도 인정한 독공의 고수였다.

'칼이 안 통한다고 으스대고 있겠지, 죽일 놈. 어디 한번 단주님의 십보단혼독에 녹아봐라!'

상명효와 육흉은 한마음 한뜻이 되어 부서진 턱을 덜컥거리

273

며 웃어댔다.

마천루의 징계는 무섭다.

하지만 칠흉은 그 거한에게 복수할 수만 있다면 기꺼이 징계를 받을 마음의 준비가 되어 있었다.

제대로 된 권장법에 당했다면 이렇게 억울하지는 않았을 것이다.

따귀 한 방이라니.

그들 평생 겪어본 적이 없는 일생일대의 개망신이 아니던가.

엉망으로 부서진 자신들을 챙겨주었기에 그 개망신의 현장을 목격한 오도칠과 그 부하들을 입단속만 시키고 살려두기는 했다.

오도칠이 종사하는 청부업계의 속성상 그들의 입은 믿을 만했다.

하지만 발 없는 말이 천 리를 간다고, 언제 어디서 소문이 날지 알 수 없는 일이었다.

자신들을 이렇게 만든 자들이 소문을 내지 않으리라는 법은 없는 것이다.

소문이 나면 강서칠흉의 이름을 듣고 무서워할 자가 어디에 있을 것이며, 또 어떻게 얼굴을 들고 강호를 행보할 수 있겠는가.

소문이 나기 전에 거한 일행의 입을 막는 것이 최선이었다.

'죽은 자는 말이 없지. 크크크.'

턱을 덜컥거리며 소리없이 웃는 상명효의 얼굴은 체구가 아까울 정도로 음흉스러웠다.

그는 자신의 발상이 얼마나 위험천만한 것인지, 그리고 그로 인해 어떤 일이 벌어질 것인지 지금은 상상도 하지 못했다.

第十章

밤새 내리던 비가 그친 것은 아침이 다 되어서였다.

산하 일행은 사당에서 아침 식사를 하고 다시 길을 떠났다.

유청림의 사정을 알게 된 화태건은 느리게 걸으려 노력했다.

형주에 가까워진다는 건 유청림 모녀에게 위험이 가중되는 걸 의미했다. 그의 얼굴에서는 걱정스러운 기색이 떠날 줄을 몰랐다.

하지만 유청림은 화태건과 반대로 형주가 가까워질수록 얼굴빛이 밝아졌다.

위험이 가중되어도 남편의 소식을 알 수 있을 거라는 생각이 두려움을 넘을 정도로 크기 때문인 듯했다.

산하는 연아를 어깨에 태웠다가 목말을 태웠다가 하며 걸음을 옮길 뿐 태평하기가 한결같았다.

그러나 그건 겉보기일 뿐이었다.

산하는 내심 어리둥절해하고 있었다.

사당을 떠난 직후 수수현에서부터 한시도 떨어지지 않고 붙어 있던 감시자—숭양보의 인물들일 거라고 추측되는—의 이목이 느껴지지 않고 있었다.

숭양보의 인물들이 유청림 모녀를 감시하는 이유를 산하는 알지 못했다. 하지만 그는 감시하는 자들이 위군양이라는 자의 지시를 받는 자들은 아닐 거라 추측했다.

유청림의 말에 의하면 위군양이라는 자가 그녀에게 집착했던 건 그녀를 자신의 옆에 두기 위해서였다.

만약 감시하는 자들이 위군양의 지시를 받는 자들이었다면 그가 유청림 모녀를 만나기 전에 그들은 유청림 모녀를 손에 넣었어야 한다.

그래야 말이 되었다.

그러나 그들은 그렇게 하지 않고 그저 감시하기만 했다.

다른 이유가 있다고 보는 게 옳았다.

그런 자들이 갑자기 사라진 것이다.

산하는 의혹을 느꼈다. 그러나 전후 사정을 모두 알지는 못하는 터라 아무리 생각해도 마음에 드는 결론을 얻을 수가 없었다.

그는 일단 생각을 접었다.

그자들이 포기하지 않았다면 곧 다시 볼 수 있을 것이 분명했으니까.

유청림 모녀의 걸음에 보조를 맞춘 터라 그들이 홍호변의 마을에 도착한 것은 이틀이 지난 신시 말(오후 5시경)이었다.

홍호는 풍광이 수려해서 시인묵객의 발길이 끊이지 않는데다 장강을 끼고 있어 사람의 왕래가 잦았다.

일행이 도착한 마을의 규모도 상당히 큰 편이었고, 거주하는 사람들도 많았다.

감시자들의 기척은 그때까지도 발견되지 않았다.

대신 그들과는 다른 자들의 기척이 산하의 감각에 걸렸다.

숭양보의 인물들로 추정되는 자들의 기척과 최근 이틀 동안 느껴진 자들의 기척은 명백히 달랐다.

전자에 속한 자들의 기척에는 적의와 살기가 포함되어 있었지만 새롭게 느껴진 자들의 기척에는 그런 기색이 섞여 있지 않았다.

그리고 후자 인물들의 움직임은 전자보다 더 은밀하고 느끼기 어려웠다.

은신 능력이 남다른 자들이었다.

그래서 산하는 후자의 기척이 감각에 걸렸을 때 내심 어리둥절해했다.

그들의 시선이 유청림 모녀에게 집중돼 있는 것은 숭양보 인물과 같았는데 적의나 살기가 느껴지지 않았으니 그럴 수밖에 없었다.

산하 일행은 홍호가 한눈에 보이는 호숫가의 홍하루라는 객잔에 짐을 풀었다.

계속 그래 왔던 것처럼 유청림 모녀가 방 하나를 썼고, 산하와 화태건이 같은 방을 썼다.

화태건은 팔베개를 하고 침상에 누워 있는 산하를 보며 웃음을 참으려 애썼다.

같은 방을 쓸 때마다 보는 광경이긴 하지만 익숙해지기 정말 힘든 모습을 산하는 보여준다.

침상에 누운 산하는 머리가 침상 위쪽 끝에 닿았는데도 정강이 중간 부분부터 그 아래쪽이 침상 밖으로 삐져나와 있었다.

산하는 잘 때 몸을 웅크리지 않는다.

큰대(大)자가 잠을 잘 때 취하는 그의 기본자세다. 침상에서 잘 때는 팔베개를 하기도 하지만.

얼굴 가득 웃음을 띤 채 화태건이 말했다.

"형님, 저 유 낭랑하고 밖에 좀 다녀와도 되겠습니까?"

"밖에?"

산하가 큰 눈을 껌벅였다.

답이 금방 나오지 않았다.

화태건이 쑥스러운 듯 살짝 볼을 붉히며 대답했다.

"예, 형님 옷도 사야겠구요, 유 낭랑하고 연아한테 맛난 것도 좀 사주고 싶어서요."

"내 옷?"

"예. 그 옷 계속 입고 다니실 수는 없다구요. 사람들이 무시한단 말입니다."

화태건은 산하의 가슴에 여덟 개의 꽃잎을 가진 화인(花印)을 손으로 가리키며 말했다.

사마화정의 흔적이다.

화인은 무척 작았다. 연아의 손바닥 정도. 하지만 꽃잎의 형상은 온전했고 경계는 칼로 도려낸 듯 매끈했다.

혈화겹멸인의 성취가 팔성에 도달했다는 증거다.

하지만 사마화정이 다녀간 것조차 알지 못하는 화태건이 그런 사정을 알 리 없었다.

산하가 고개를 숙여 가슴을 내려다보고는 풀썩 웃었다.

"난 상관없는데……."

화태건이 소리쳤다.

"저와 유 낭랑은 상관있어요!"

산하는 이마를 긁적였다.

그럴 수도 있다는 생각이 들었기 때문이다.

그는 신경 쓰지 않지만 같이 가는 사람들에게는 찢어진 옷을 입은 그가 사람들의 시선을 받는 모습이 민망할 수도 있었다. 더구나 유 낭랑은 여자가 아닌가.

산하는 잠시 고민했다.

이틀 동안 보이지 않는 자들이 완전히 철수한 것인지 확신하지 못하는 그였다. 게다가 다른 자들도 있었다.

그는 화태건의 눈을 보았다.

화태건은 기대를 잔뜩 하고 있었다.

'녀석… 쩝.'

유청림에 대한 화태건의 마음이 어떤지를 어지간히 둔한 산하도 이제 어렴풋이 눈치채고 있었다. 화태건은 유청림과 같이 있고 싶은 것이다.

산하의 눈이 껌벅였다.

그는 감정 감추는 걸 모르는 사람이다.

그가 물었다.

"건아."

"예."

"유 낭랑이 좋으냐?"

화태건의 볼이 새빨갛게 변했다.

"혀… 형… 님, 알고 계셨어요?"

"지금 너, 나 무시한 거냐?"

화태건이 헤헤 웃으며 손사래를 쳤다.

"그럴 리가요."

유청림은 화태건을 동생처럼 여기고 있었다. 남녀의 감정 같은 건 그녀의 마음에 끼어들 틈이 없었다.

남편 공로명에 대한 그녀의 일편단심은 붉디붉기만 한 것이다.

산하는 혀를 찼다.

산하의 얼굴에 떠오른 기색을 보고 속내를 짐작한 화태건이 붉어진 얼굴로 황급하게 손사래를 쳤다.

"형님, 그런 거 아니에요!"

"뭐가?"

화태건은 수줍은 기색으로 말했다.

"저도 당당한 사내예요, 형님. 사정을 뻔히 아는데 제가 어떻게 유 낭랑에게 이상한 마음을 품겠어요."

산하는 큰 눈을 껌벅였다. 생각지도 못한 대답이다.

"유 낭랑 좋아하잖아?"

"좋아하긴 하죠. 하지만 여자로는 아니에요."

산하는 굵은 눈썹을 와락 찌푸렸다. 그는 남녀의 감정과 같은 섬세한 감정의 흐름과는 하늘과 땅만큼이나 거리가 먼 사내다. 그래서 일시지간 화태건이 하는 말을 알아듣지 못했다.

"무슨 말이냐, 그게?"

화태건은 고개를 푹 숙였다.

"그냥… 가녀린 어깨를 꼿꼿이 펴고 있는 유 낭랑의 모습이 왠지… 예전에 떠나간 누님 생각이 나서……. 나이도 누나와 비슷하고… 누나도 유 낭랑처럼 집을 떠나 고생하고 있을 것 같아서 남의 일 같지가 않아요."

산하는 놀라서 눈이 둥그레졌다.

화태건이 그런 마음으로 유 낭랑을 보고 있으리라고는 생각지도 못했던 것이다.

'쩝, 몰랐구먼.'

산하는 내심 화태건이 안쓰러워 혀를 찼다.

그도 유청림도 화태건의 마음을 오해하고 있었던 것이다.

산하는 고개를 끄덕였다.

무슨 말을 더 하겠는가.

산하는 얼굴을 폈다.

유청림에 대한 화태건의 마음이 어떤 것인지를 확인한 때문인지 마음이 가벼웠다. 그는 화태건이 마음의 상처를 입을지도 모른다는 생각이 들어 은근히 걱정했었다.

'태건이가 저렇게 기대하고 있는데 안 된다고 하기는 좀 그렇고, 보내고 슬슬 뒤나 따라야겠다. 거리에 사람도 많은데 별일은 없겠지만……'

산하는 허락했다.

"그래라. 너무 늦지는 말고."

"저녁 먹기 전에 돌아오겠습니다, 형님!"

화태건은 들뜬 음성으로 말하고 후다닥 방을 뛰쳐나갔다.

밖에서 옆방의 유청림과 연아를 부르는 화태건의 목소리가 어수선하게 들려오는가 싶더니 곧 조용해졌다.

산하는 화태건과 유청림 모녀가 객잔을 나간 후 바로 방을 나왔다. 하지만 그들의 뒤를 바짝 따르지는 않았다.

바짝 뒤를 따르는 건 그의 덩치를 생각할 때 드러내 놓고 분위기 깨는 것밖에 되지 않았다.

오십여 장의 거리를 두고 그는 어슬렁어슬렁 거리를 걸었다.

숲에서 열흘 이상이 지난 짐승의 종적도 찾아내는 그였다. 화태건과 유청림 모녀를 추종하는 건 그에게 일도 아니었다.

호숫가에 닻을 내린 커다란 배의 선수(船首).

강바람을 맞으며 동만일은 시야에 들어온 유청림 일행을 보고 있었다. 그는 평소보다 자신의 심장이 두 배는 빨리 뛰고 있다는 것을 느끼며 혀를 찼다.

성공을 코앞에 두고 있는데도 그의 표정은 찝찝(?)해 보였다.

'하오문이 조사한 대로라면 그 거한은 옥화산에서 내려왔고, 유청림과 공로명 부부와는 아무 상관도 없다.'

유청림 일행을 시야에 잡은 것은 그들이 객잔을 나오고 난 직후였다.

거한은 유청림 일행과 오십여 장의 간격을 두고 뒤를 따랐다. 그리고 그가 벌인 모종의 행사 덕분에 거한과 유청림 일행의 거리는 빠르게 벌어졌고, 지금은 유청림 일행만 보일 뿐 뒤를 따르던 거한은 보이지 않았다.

'아이를 좋아하는 자는 정이 많지. 정이 많으면 의협심이 많을 수밖에 없고. 우리에겐 다행한 일이야. 그가 이곳에 도착할 때쯤엔 쌀이 익어 밥이 된 후다.'

생각은 긍정적이었다. 그러나 그의 표정은 퍼지지 않았다.

'일이 성공한 후에 그 거한이 어떻게 나올지 짐작되지 않는구나. 설마 우연히 만난 여자를 찾으려 하지는 않겠지. 우리의 정체를 알고 있을 가능성도 없고. 알면 더 움직일 수 없겠지. 본 보를 적대시한다는 건 목숨을 걸어도 부족한 일이니까. 제

정신 가진 놈이라면 그럴 리가 없어. 그런데도 왜 이렇게 불안한 거냐. 젠장, 이번 일은 정말 마음에 안 드는 구석 천지야.'

동만일은 뒷짐을 지고 있던 손을 풀었다.

손은 땀에 푹 젖어 있었다.

긴장이 과한 탓이었다.

'설마가 사람 잡을라고……'

자라며 들었던 우스갯소리를 생각하며 동만일은 피식 웃었다.

자신이 마치 하늘이 무너질까 걱정했다는 기(杞)나라 사람 같다는 생각이 들었던 것이다.

유청림 모녀와 잘생긴 소년은 옷가게에서 옷 한 벌을 산 후 호숫가로 걸어왔다.

그의 마음을 알기라도 하는 것처럼 그들은 호숫가를 따라 인적이 적은 곳으로 걸어가고 있었다.

거한이 객잔을 나올 것을 대비해 배치시킨 수하는 자신들과 거한의 거리가 삼백 장 이내가 되면 신호를 울리게 되어 있었다.

아직 신호는 울리지 않았지만 거한이 언제 움직일지 알 수 없는 일.

시간을 끌면 끌수록 위험했다.

기회였다.

그는 천천히 오른손을 들어 올렸다가 빠르게 내렸다.

그의 지시를 기다리던 수하들이 바람처럼 배에서 뛰어내

렸다.

수는 열하나.

한 명은 거한을 감시하기 위해 배치되어 있었고, 한 명은 만일에 대비해 유청림 일행이 움직이며 남긴 흔적을 지웠다.

마지막 남은 한 명이 지금 배에 남아 닻을 끌어올린 수하였다.

배는 돛과 노를 함께 쓸 수 있는 쾌속선.

언제든지 떠날 준비를 한 것이다.

배부른 곰처럼 어슬렁거리며 저잣거리를 걷던 산하는 눈살을 찌푸렸다.

서편 하늘이 조금씩 붉게 물들어가고 있었다.

저잣거리가 갑자기 소란스러워졌다.

퍽퍽퍽!

"아악! 여보, 잘못했어요! 살려주세요!"

세찬 파육음과 함께 찢어지는 여인의 비명 소리가 쉴 새 없이 거리를 울렸다.

산하의 시선이 자연스럽게 소란이 벌어지고 있는 곳으로 향했다.

그곳에는 삼십 중반으로 보이는 건장한 사내가 땅에 쓰러진 여인을 자근자근 밟고 있었다.

"이 미친년, 내가 오늘 너를 죽여 버리지 않으면 성을 간다, 성을 갈어! 남편은 밖에서 허리가 부러져라 일하고 있는 동안 애먼 놈한테 가랑이를 쩍쩍 벌리다니! 그런 너를 믿고 산 세월이 십 년이라고, 이 개 같은 년아!"

사내는 거칠게 숨을 몰아쉬며 여인에게 입에 담기 힘든 욕설을 계속했다. 손과 발도 쉬지 않았다.

사내에게 밟히고 있는 여인은 삼십 전후로 보였는데 보기 드문 미모였다. 게다가 사내에게 맞는 동안 옷이 흐트러져 쉽게 보기 어려울 만큼 풍만한 가슴과 허벅지가 다 드러났다.

수십 명의 사람이 빙 둘러서서 그 광경을 보고 있었다. 말릴 마음이 있는 사람은 아무도 없는 듯했다. 개중에는 재미있다는 표정을 짓고 있는 사람들도 적지 않았다.

구경거리 중에 싸움 구경과 불구경처럼 재미있는 게 없다는 속설도 있다.

물론 여인을 안타까워하는 사람들도 적지 않았다. 하지만 그들도 나서지는 못했다.

어설프게 나서기에는 주먹을 날리는 사내의 몸집이 만만치 않은데다가 기세 또한 흉흉하기 그지없었기 때문이다.

산하의 미간에 골이 파였다.

그도 비명을 지르며 비는 여인의 말이나 욕설과 함께 내뱉는 사내의 말을 들었다. 내용은 금방 파악되었다. 누가 나서서 말리기 어려운 일이었다.

하지만 사내의 손이 너무도 잔혹했다.

얻어맞고 있는 여인의 얼굴은 피범벅이었고, 팔다리엔 시퍼런 멍이 생겨나고 있었다. 구부러진 오른팔의 각도로 볼 때 팔도 부러진 듯했다.

산하의 시선이 앞에 가고 있는 화태건과 유청림을 찾았다. 그들과의 거리는 육십여 장으로 벌어져 있었다. 게다가 그들은 골목으로 접어들고 있었다.

그의 마음에 갈등이 생겼다.

평소 같으면 생각할 것도 없이 여인을 두드리는 사내를 말렸을 것이다. 그는 이유 여하를 막론하고 여자와 아이, 노인을 때리는 자들을 그냥 둔 적이 없었다.

하지만 지금은 상황이 달랐다.

주변을 맴돌던 시선이 느껴지지 않는다고 유청림을 노리는 숭양보의 무사들이 완전히 철수했다고 생각할 수는 없었다.

산하는 혀를 찼다.

골목으로 들어간 유청림 일행의 모습이 보이지 않았다. 너무 멀어지면 곤란했다. 마음을 정하고 걸음을 떼려던 그의 발길이 멈췄다.

"아악! 살려주세요!"

처절한 여인의 비명.

여인을 두드려 패던 사내가 성질을 이기지 못하고 허리춤에서 한 자 길이의 단검을 꺼내고 있었다.

"오늘 내가 네년 얼굴 가죽을 벗겨주마! 설마 얼굴 가죽이 벗겨지고도 사내놈과 떡을 치지는 못하겠지!"

주변에서 지켜보던 사람들의 얼굴이 확 굳어졌다. 사내가 흥분한 것은 다 알고 있었지만 설마 저렇게까지 나오리라고는 생각지도 못했다는 기색들이다.

그렇지만 그들은 나서지 않았다.

지금 나섰다가는 여인의 얼굴로 다가가는 단검이 그들의 가슴을 향할지도 모르는 일이었기 때문이다.

산하는 골목에 한 번 시선을 주고는 신형을 돌렸다.

'금방 마무리 짓고 따라가면 된다. 말 몇 마디 하면 끝날 일이니까.'

마음이 움직임과 함께 그의 거구가 사람들 틈을 비집고 들어갔다.

밀어낼 필요는 없었다.

그가 걸어가는 방향에 있던 사람들의 마치 약속이라도 한 듯이 양편으로 갈라지며 길이 났다.

옆으로 물러나는 사람들의 얼굴엔 어리둥절해하는 기색들이 떠올라 있었다.

그들은 자신들의 의지로 몸을 움직이고 있지 않았다. 설명할 수 없는 힘이 그들을 밀어내고 있었다. 짜증이 나서 뭐라한마디 할 생각으로 고개를 돌렸던 사람들은 다급하게 입을 막았다.

그들보다 머리 하나는 더 큰 흑의거한이 갑자기 생겨난 통로를 걷고 있었다. 눈은 순해 보였지만 워낙 압도적인 체구라아무도 거한에게 짜증을 부리지 못했다.

산하는 서너 걸음 만에 단검을 빼 든 사내의 옆에 섰다.

정말로 가죽을 벗길 심산인지 막 여인의 턱을 잡고 그 끝에

단검을 가져다 대던 사내는 자신과 여인을 뒤덮는 그림자에
놀라 고개를 들었다.

"그만하시죠."

굵은 저음.

단검을 든 사내의 손이 부르르 떨렸다.

엄청난 거구가 그를 내려다보고 있었다.

말로 표현하기 어려운 느낌이 그의 몸을 마비시켰다. 등에
식은땀이 흥건하게 고였다.

사내는 슬며시 단검을 내렸다. 그리고 큰 소리로 악을 쓰듯
소리쳤다.

"이건 집안일이오! 간섭하지 마시오!"

그의 의지와 상관없이 음성의 끝이 떨렸다. 산하의 덩치에
압도당해서만은 아니었다.

산하는 허리를 굽혀 사내의 손에 든 단검의 날을 움켜잡았
다.

사내의 눈이 영활하게 좌우로 움직이며 빛을 냈다. 산하가
잡은 건 칼날이었다.

그는 이를 악물며 칼날을 비틀었다. 칼날을 쥔 손가락 몇 개
쯤은 우습게 갈라질 사나운 손놀림이었다. 하지만 그의 시도
는 성공하지 못했다. 칼날이 반 바퀴 회전하긴 했다. 그러나
산하의 손아귀에서 빠져나오지는 못했다.

경악한 사내의 몸은 경련이라도 하는 것처럼 쉴 새 없이 떨
렸다. 그는 화등잔만 해진 눈으로 칼날을 잡은 산하의 손을 보

고 있었다. 어지간한 어른의 두세 배는 됨 직한 손은 상처 하나 없이 멀쩡했다.

산하는 칼날을 잡은 손아귀에 힘을 주었다.

와드득!

낮은 기음과 함께 칼날이 장난감처럼 우그러들었다.

그 광경을 본 사내는 뱀이라도 쥔 것처럼 단검의 손잡이를 놓고 뒤로 허겁지겁 물러났다. 주변도 쥐 죽은 듯 조용해졌다. 이쯤 되면 산하가 무림인, 그것도 상당한 무공을 익힌 사람이라는 것을 눈치채지 못할 리가 없는 것이다.

사내의 안색은 사색이 되었다.

잘 벼린 칼날을 끊는 것도 아니고 손아귀에서 반죽하듯 우그러뜨렸다. 거구의 사내는 무서운 고수였다.

'쓰… 쓰… 벌. 간단한 일이라고 해서 맡은 건데… 아차하면 뼈 몇 개 부러지는 걸로 끝나지 않겠다.'

그가 말했다.

"뉘… 뉘… 십니까?"

여인을 두드려 패던 흉흉한 기세는 약에 쓰려고 해도 찾아볼 수 없을 만큼 사내는 겁에 질린 기색이었다.

산하는 내심 혀를 찼다. 그는 힘으로 남을 억압하는 걸 좋아하지 않았다.

"어차피 또 볼 사이도 아닌데 통성명이 필요하겠습니까. 사정이 있으시더라도 손이 너무 거칩니다. 낭랑이 많이 다쳤어요. 이제 그만하시죠."

사내는 바람 소리가 휙휙 하며 날 정도로 빠르게 머리를 아래위로 끄덕였다.

"아, 알겠습니다."

사내는 산하의 눈치를 슬슬 보며 뒤로 물러났다. 그렇게 일 장가량 물러나다가 몸을 돌리고는 냅다 달아났다.

사내가 멀어지는 것을 본 여인이 비틀거리며 자리에서 일어섰다. 그녀는 두려움이 가시지 않은 얼굴로 산하에게 고개를 숙였다.

"감사합니다, 대협."

산하는 뒷머리를 긁적였다.

"팔이 부러진 것 같은데 제가 좀 봐도 되겠습니까?"

그제야 고통이 제대로 느껴지는지 여인이 오만상을 찡그리며 입술을 벙긋거렸다.

"으… 으… 그래 주시면 정말……."

산하는 묵묵히 여인의 팔을 잡았다. 손목과 팔꿈치 사이의 뼈가 부러져 있었다. 사내의 손은 모질었다. 산하는 잠시 그를 그냥 보낸 것이 잘한 짓이었는지 회의가 들었다. 그러나 곧 생각을 지우고 여인의 부러진 팔을 맞추었다.

우드득!

여인의 안색이 새파랗게 질렸다. 하지만 그녀의 안색은 곧 좀 전보다 훨씬 편안해졌다. 고통이 많이 사라진 것이다.

여인은 그 자리에 무릎을 꿇으며 머리를 숙였다.

"정말… 정말… 감사합니다, 대협."

산하는 여인의 다치지 않은 팔을 부축해 일으켰다.

"저는 그만 가보겠습니다. 어디서 몸조리를 하셔야 덧나지 않을 겁니다."

그의 눈엔 여인을 안쓰러워하는 빛만이 보일 뿐이었다. 그는 여인을 의심하지 않았다. 성정 자체가 남을 의심하는 것과는 거리가 먼 편이긴 했지만 그것이 주된 이유도 아니었고, 강호 경험이 부족하기 때문도 아니었다.

여인과 사내의 연기는 경험이 많고 눈썰미가 좋은 사람도 쉽게 알아차리기 어려울 만큼 탁월했다. 결정적인 것은 부러진 여인의 팔이었다. 누군가를 속이기 위해 자신의 팔을 부러뜨리는 경우는 어지간히 독한 사내도 쉽게 하지 못할 일이었다.

산하는 등을 돌렸다.

그의 뒷모습에 닿은 여인의 두 눈이 가늘게 흔들렸다. 그녀는 자신의 부러진 팔을 돌아보았다. 목표인 거한을 끌어들이기 위해 자신이 부러뜨린 팔이다. 이 정도 상처가 아니라면 부부싸움에 개입할 사람은 흔치 않다.

'…왠지 죄를 짓는 기분이 드네.'

여인은 세차게 고개를 저으며 입술을 꼭 깨물었다.

'장사 한두 번 하는 것도 아니고. 아서라. 강호가 얼마나 험한지 모르는 자는 당해도 싸.'

마음은 그렇지만 그녀의 눈빛은 무거웠다.

머리가 굵어진 후 사기와 협잡으로 점철된 이십 년 세월이 어쩐지 처참하게 느껴졌기 때문이다.

'저 사람의 눈 때문이야. 어떻게 저 나이에 저렇게 맑고 순박한 눈빛을 가질 수 있을까.'

여인은 세차게 도리질했다. 오늘따라 기분이 너무 이상했다. 이 계통에 막 입문했던 풋내기 시절에나 들었을 법한 느낌이 마음을 떠나지 않는 것이다.

화태건과 유청림이 사라진 골목으로 느긋하게 들어선 산하의 발길이 못 박히듯 그 자리에 멈췄다.

미간이 좁혀진 그의 눈빛이 강해졌다.

'흔적이 보이지 않는다.'

화태건과 유청림의 흔적이 감쪽같이 사라졌다.

산하의 얼굴이 점점 딱딱하게 굳어갔다.

그가 부부싸움에 개입한 시간이라야 반 각도 채 되지 않았다.

누군가 의도적으로 지우지 않으면 그 짧은 시간 안에 추종이 어려울 정도로 흔적이 지워지는 일은 있을 수 없었다.

그는 고개를 돌려 자신이 걸어온 길을 돌아보았다.

'시간을 끌려는 연극이었던가. 방심했구나.'

그는 신경이 둔하지만 바보는 아니다.

부부싸움으로 시간이 지체되는 동안 화태건과 유청림의 흔적이 사라지는 절묘한 일이 우연히 벌어질 가능성은 만에 하나도 되지 않았다.

산하의 장대한 신형이 바람처럼 골목을 가로질렀다.

부부싸움을 하던 남녀는 잊었다. 지워진 흔적을 찾으려는 노력도 하지 않았다.

그럴 때가 아니었다.

시간이 없는 것이다.

그의 얼굴은 굳어 있었고, 눈빛은 무거웠다.

반 각의 시간 차였다.

그 짧은 시간의 방심으로 인해 유청림 모녀와 화태건은 위험에 빠져 있을지도 몰랐다.

산하는 가슴이 타들어가고 있었다.

구절양장으로 휘어진 길을 오십여 장 달리자 끝이 나왔다. 길이 두 갈래로 갈라지는 지점이었다. 한쪽은 호수로 가는 길이었고, 다른 쪽은 마을 안으로 돌아가는 길이었다.

흔적이 없어 화태건이 어느 쪽으로 갔는지 알 수 없는 상황이다. 선택을 해야 했다.

'건아는 유 낭랑과 함께 호젓한 시간을 보내고 싶어했을 것이다. 그런 건이라면 호숫가로 갔을 거야. 감성이 강한 녀석이고 유 낭랑과 연아도 좋아할 장소가 분명하니까.'

그의 머리는 근래 그처럼 빠르게 돌아간 적이 없을 정도로 팍팍 돌아갔다.

그의 신형이 한 마리 붕새처럼 떠올랐다.

산하가 나온 골목에서 오십여 장 떨어진 곳.

건물 뒤에 숨어 골목을 바라보던 신봉량은 산하가 호수가 있는 방향으로 달려가자 안색이 돌처럼 굳었다.

그는 사람을 감시하고 추적하는 일에 관한 한 전문가 소리를 들을 만한 능력을 가진 자였다. 동만일이 그를 측근으로 두는 데는 그만한 이유가 있었던 것이다.

갈랫길을 앞에 둔 거한의 망설임은 거의 없다시피 했고, 강변으로 달려가는 속도는 보는 것만으로 식은땀이 날 정도로 빨랐다.

신봉량은 재빨리 뒤로 물러나 동만일 등이 일을 벌이고 있는 반대 방향으로 달리며 손에 든 호각을 입에 물었다.

삐이이이익—!

그가 동만일의 반대방향으로 움직인 것은 거한이 그를 따라올 가능성을 염두에 둔 것이었다. 그는 거한이 호각을 분 자신을 따라올 것이라고 확신했다.

보통의 인물은 자신이 감시당하는 것을 알게 되었을 때 감시자를 잡아 감시하는 이유와 감시자의 정체를 파악하려 하니까.

그 자신은 위험에 빠질지도 몰랐다. 하지만 그는 자신이 어찌 되어도 상관없다고 생각했다. 지금 그가 생각하는 것은 오직 동만일이 성공하는 것뿐이었다.

그는 개인이 아니라 조직에 속한 자였고, 그 조직과 동만일에 대한 충성심이 강했다. 그러나 그는 산하를 너무 가볍게 보았다.

그는 무심결에 다른 사람이 산하의 덩치를 보고 둔하다고 판단한 것과 비슷한 판단을 하고 있었다.

산하는 신봉량이 판단한 것과는 전혀 상관없는 움직임을 보였다.

그는 기척이 빠르게 멀어지는 신봉량을 무시했다. 그리고 오히려 호숫가로 신형을 날렸던 것이다.

신봉량은 자신을 뒤따를 거라 생각했던 거한의 종적이 보이지 않는다는 것을 잠시 후 알아차렸다.

그의 안색은 흙빛이 되었다.

자신을 따르지 않으면 거한이 갈 곳은 한 곳뿐이었다.

그는 뛰어가던 걸음을 멈추고 동만일이 있는 곳을 향해 신형을 되돌렸다.

그의 한 걸음은 보폭이 이 장을 넘었다.

사람들이 있는 곳에서는 좀체 펼치지 않던 신법을 펼친 것이다.

사람들이 바람을 일으키며 달려가는 그의 등을 보고 넋을 잃었다. 하지만 신봉량에게 사람들의 기색을 돌아볼 여유는 없었다.

일각이 여삼추였다.

그는 호각을 입에 물었다.

그는 오줌이 찔끔찔끔 새어 나올 정도로 마음이 급해졌다.

거한은 단신으로 강서칠흉을 박살 낸 일대의 고수였다.

동만일과 동료들도 약하지는 않았지만 거한을 상대로 싸우는 건 자살 행위와 같았다.

늦으면 대형 참사가 벌어질 수도 있는 것이다.

삐이이이이익!

호숫가로 접근하던 산하는 귀를 따갑게 울리는 호각 소리를 들었다.

앞서 들었던 것과 같은 호각 소리였는데 먼저 들었던 것보다 한결 급박함이 느껴졌다.

그의 눈이 무서운 신광을 토했다.

삼백여 장 떨어진 호숫가에서 검광이 충천하고 있는 것이 그의 눈에 들어왔다.

삼백 장 거리라면 일반인들은 평지에서도 무엇이 있는지 알아보기 어려울 만큼 먼 거리다.

그러나 산하의 눈은 일백 장 떨어진 곳에서 기어가는 개미의 더듬이도 본다.

십여 명의 무사 사이에서 고군분투하는 세 명의 사내와 그 뒤에 겁에 질려 떨고 있는 유청림 모녀.

그의 시선이 닿았을 때 가슴에 일장을 얻어맞은 화태건이 피를 토하며 뒤로 물러나고 있었다.

화태건의 전신은 피에 절어 있었다.

다섯 명이 넘는 무사가 그를 공격하고 있었으니 무공이 시원치 않은 그가 죽지 않고 버티고 있는 것만 해도 대단한 것이었다.

그런 상황에서도 그는 유청림 모녀의 앞을 비키지 않았다. 그래서 더 많은 상처를 입은 듯했다.

하지만 그의 분투도 한계에 도달했다.

산하의 눈에서 불같은 신광이 토해졌다.

화태건이 쓰러지고 있었던 것이다.

산하의 입이 벌어졌다.

"우우우우우!"

홍효의 수면이 출렁일 정도로 장쾌한 장소성이 사방을 뒤흔들었다.

동시에 그의 신형이 가공할 속도로 허공을 가로질렀다.

일보가 십여 장에 달할 뿐만 아니라 움직인 후에야 잔상이 뿌옇게 남을 정도로 빠른 신법.

하늘이 무너지는 듯한 장소성이 울렸을 때 동만일은 일이 틀렸다는 것을 직감했다.

시선을 돌린 그의 눈에 가공할 속도로 날듯이 달려오는 산하의 모습이 잡혔다.

그는 핏발 선 눈으로 전방을 훑었다.

전신이 피투성이가 된 세 명의 남자와 그 뒤에 아이를 안고 주저앉아 있는 유청림 모녀가 보였다.

다 된 밥이었다.

만약 두 사내가 나타나지 않았다면 그는 벌써 일을 성공하고 홍호를 떠나고 있을 터였다.

나중에 나타난 두 사내를 그는 잡아먹을 듯 노려보았다.

본래 그가 유청림 모녀를 감시하고 납치하려던 목적이 저 두 사내를 끌어들이기 위함이었다.

그 목적이 성공을 코앞에 두고 있는 것이다.

그러나 미련을 남기면 무슨 꼴을 당할지 몰랐다.

그는 자신을 객관적으로 파악하는 능력이 뛰어났고, 대단히 현실적인 인물이었다.

보에서 징계를 받는 것이 거한을 상대하는 것보다 나았다.

그는 그렇게 판단했다.

그리고 후일 그의 판단은 현명했다는 것이 증명되었다.

동만일은 이를 악물며 소리쳤다.

"텄다. 튀자!"

그의 지시가 떨어지자마자 열한 명의 수하는 발밑에 먼지가 날 만큼 빠르게 뒤로 물러나 닻과 돛을 올리고 있는 배로 달려갔다.

마지막으로 동만일이 배에 오르고 배가 호숫가로부터 이십 장 정도 떨어졌을 때 한 가닥 커다란 유성(?)처럼 삼백 장을 가로지른 산하가 현장에 도착했다.

현장을 돌아본 산하의 눈에서 무시무시한 신광이 이글거렸다.

그가 가장 먼저 본 것은 유청림 모녀였다.

그들은 겁을 먹은 표정이긴 하지만 무사했다.

산하의 시선이 화태건을 보았다.

화태건은 유청림 모녀의 앞에 쓰러져 있었다.

코와 입에서는 연신 피가 흘러나왔으며 전신에 이십여 군데가 넘는 상처가 나 있었다.

한마디로 피 칠갑을 한 모습.

그는 정신을 잃었다.

산하는 화태건의 왼손에 꼭 쥐어져 있는 흑포를 내려다보며 주먹을 움켜쥐었다.

화태건과 유청림 모녀의 앞에는 두 사내가 서 있었다.

이목구비의 선이 굵은 이십대 후반의 청년과 이십대 초반으로 보이는 청년이었다.

나이가 많은 청년은 오른손에 흔치 않은 넉 자 길이의 장검을 들고 있었는데 왼팔이 어깨에서부터 잘려 나간 외팔이였다.

그리고 나이가 어린 청년은 두 자 반 길이의 쌍검을 쥐고 있었다. 역시 강호상에서 보기 드문 쌍수검을 쓰는 듯했다.

그들의 눈은 산하의 신법에 놀란 듯 크게 부릅떠져 있었다.

산하는 화태건의 옆에 쪼그리고 앉았다.

화태건의 두 눈가는 찢어져 있었다.

눈물과 피가 섞여 흘러내리다가 말라붙은 자국이 그의 수려한 얼굴 양편을 길게 가로지르고 있었다.

산하는 말없이 오른손으로 화태건의 가슴을 쓸어내렸다.

"커… 컥!"

거칠게 숨을 토한 화태건이 눈을 떴다.

산하의 눈과 화태건의 핏발 선 두 눈이 마주쳤다.

"형님··· 형··· 님······. 흑흑흑!"

상황 파악이 잘 안 되던 화태건은 자신의 옆에 와 손을 잡아주는 유청림을 보고 안도한 듯 산하를 부르며 흐느끼다가 다시 축 늘어졌다.

조금 전의 혼절이 상처에 의한 것이었다면 이번 혼절은 마음이 놓인 탓이었다.

산하는 말없이 화태건의 가슴을 쓸어 기혈을 안정시킨 후 느릿하게 일어섰다.

그사이 동만일 등이 탄 배는 호숫가로부터 사십여 장이나 멀어져 있었다.

산하는 숨을 들이마셨다.

저들을 그냥 보낼 수는 없었다.

그가 아끼는 사람들의 마음을 아프게 하고 몸에 상처를 냈다.

어찌 그냥 보낼 수 있으랴.

선미에 서서 호숫가를 지켜보던 동만일과 노를 젓고 있던 열네 명의 신륜당 무사의 눈이 멍해졌다.

그들뿐만이 아니었다.

정신을 차리고 있던 두 사내와 유청림의 눈도 쟁반만 해졌다.

"우우우우우—!"

방금 전 들었던 것과 같은 장쾌한 장소성과 함께 산하의 신형이 사선을 그리며 허공으로 번개처럼 떠오르고 있었다.

그가 계단을 밟듯이 비스듬히 날아오른 거리는 수직으로 삼 장, 수평으로 십오 장이었다.

당세에 저런 정도의 신법을 구사할 수 있는 사람은 진정 손으로 꼽는다.

사색이 된 동만일이 악을 썼다.

"노를… 노를… 저어! 빨리!"

그의 외침과 함께 산하의 허리춤에서 말리는 듯하던 오른손이 주먹을 쥔 모습으로 전방을 향해 뻗어나간 것은 동시였다.

그의 주먹이 뻗어나간 방향의 수면이 마치 거대한 태풍에 휘말린 것처럼 뒤틀리며 길게 파였다. 길이 난 수면의 양편으로 수 장 높이의 물보라가 일어났다. 해일이 일어나는 듯했다.

쿠우우우우우!

배와 산하의 주먹 사이에는 이십오 장의 거리가 있었다.

천하 없는 권법의 고수라도 권력이 미칠 수 있는 거리가 아니었다.

그것이 보통 무림인의 상식이었다.

그러나 동만일 등은 상식을 무시하는 권력을 보아야 했다.

두 눈 똑바로 뜬 채.

마치 환상처럼 이십오 장을 가로지른 산하의 권력은 가공할 기세로 배의 선미를 후려쳤다.

콰앙!

화탄이 터지는 듯했다.

설마하며 넋을 잃고 서 있던 동만일은 권력의 여파에 휘날려 선수 쪽으로 날아갔다. 그리고 배의 후미는 일 장 이상 부서진 채 나뭇조각을 사방으로 날리며 금방이라도 가라앉을 듯 출렁거렸다.

다행히 거리가 멀어 배가 가라앉을 정도는 아니었다. 하지만 산하의 일권을 본 동만일과 수하들은 유청림 모녀와 두 사내에 대한 미련이 천리만리 달아나 버렸다.

동만일은 비틀거리며 일어섰다.

멀리 일권을 날린 거한이 수면을 한 번 밟으며 호숫가로 되돌아가는 것이 보였다.

등평도수.

그의 전신으로 소름이 미친 듯이 치달렸다.

'저런 고수와 함께 있는 사람을 상대로 일을 꾸미다니… 내가 미쳤었구나. 이 일은 내가 무엇을 도모할 수 있는 게 아니다. 보에 돌아가 보고하고 차라리 처벌을 받자. 손휘와 곽지상이 거한과 만났으니 저 거한이 어떻게 나올지 모르는 일. 당분간 처벌을 받고 일에서 손을 떼고 있는 게 만수무강에 도움이 되겠다.'

그는 두 번 다시 거한을 보고 싶지 않은 게 솔직한 심정이었다.

호숫가로 돌아온 산하는 무릎을 꿇고 있는 화태건을 볼 수 있었다.

화태건은 울고 있었다.

"정체를 알 수 없는 자들이… 유 낭랑과 연아를… 갑자기 십여 명이 덤벼들어서… 제가 못나서… 죄송해요……. 죄송해요……."

산하는 화태건의 어깨를 다독였다.

"너는 최선을 다했다. 유 낭랑과 연아는 무사하다. 그러니까 되었다. 너무 자책하지 마라."

"제가 조금만 더 강했어도……."

화태건이 유 낭랑의 옆에 서 있는 두 청년을 가리켰다.

"저분들이 아니었으면 큰일이 났을 겁니다, 형님."

그제야 산하도 두 청년에게 시선을 돌렸다.

그의 눈이 빛났다.

두 청년은 유청림을 보고 있었는데 세 사람의 기색이 이상했다.

그의 시선이 닿았을 때 유청림이 조심스럽게 연아를 안고 일어나 두 사람에게 허리를 숙여 예를 표했다.

"두 분 시숙."

두 청년도 유청림에게 허리를 숙여 인사했다.

"손휘와 곽지상이 형수님을 뵈오."

산하는 순간적으로 어리둥절했다.

두 청년으로부터 느껴지는 기감은 그가 후자라고 느꼈던 감시자들의 기감과 같았기 때문이다.

유청림이 산하를 돌아보았다.

그녀는 좀 더 나이가 많은 청년을 눈짓으로 가리키며 산하에게 말했다.

"제가 일전에 형주에 사시는 남편의 동생 분에 대해 말씀을 드렸었지요? 이분이 바로 그분, 손 씨에 휘 자를 쓰시는 시숙이십니다."

상황을 이해하기는 어렵지 않았다.

산하는 포권으로 손휘에게 인사를 했다.

손휘와 곽지상도 포권으로 마주 인사했다.

산하가 손휘에게 물었다.

"저들은 숭양보의 인물들입니까?"

산하의 질문이 뜻밖이었던 듯 손휘는 눈을 크게 떴다.

그리고 곧 고개를 끄덕였다.

"그렇습니다만 어떻게……?"

산하는 대답하지 않았다.

유청림의 가슴에 안겨 있던 연아가 쪼르르 달려와 산하의 무릎 아래서 고개를 한껏 젖히고 그를 올려다보았다.

두려움이 가시지 않은 눈빛이었다.

산하는 싱긋 웃으며 연아를 들어 올려 가슴에 안았다.

연아의 눈에서 두려움이 씻은 듯이 가셨다.

연아의 몸통 굵기만 한 산하의 팔뚝 안은 연아에게 강철로 만든 울타리보다도 더 안전한 장소였으니까.

산하는 연아를 조심스럽게 안은 채 말없이 이제는 가물가물하게 보이는 배를 향해 시선을 던졌다.

배가 가는 방향은 서쪽.

수로를 타고 계속 가면 형주가 나오고, 그곳을 지나면 의창으로 갈 수 있다.

상처로 인한 통증 때문에 얼굴이 일그러진 화태건이 그의 옆에 어깨를 나란히 하고 섰다.

"형님."

산하는 화태건의 어깨에 한 손을 짚었다.

호수를 바라보는 그의 두 눈 깊은 곳에서 무서운 빛이 이글거렸다.

가슴이 터질 것 같았다.

자신의 방심으로 인해 화태건은 죽을 뻔하고 유청림 모녀는 납치당할 뻔했다.

"태건아, 그냥 두고 볼 수만은 없겠다. 그들이 다시는 유 낭랑을 상대로 이런 일을 벌일 생각을 하지 못하도록 해야겠다."

산하의 음성은 낮고 조용했다.

하지만 화태건은 손톱이 손바닥을 파고들 정도로 주먹을 꽉 쥐어야 했다.

그는 가슴으로 전해지는 산하의 기분을 온전히 느낄 수 있었다.

그 느낌은 마치 하늘이 무너져 어깨를 짓누르는 것처럼 무겁고 강했다.

화태건은 고개를 돌려 산하의 옆모습을 보았다. 산하는 평

소와 별로 다를 바 없는 표정을 하고 있었다. 하지만 화태건은
입안이 마르는 것을 느꼈다.

산하의 크고 흑백이 뚜렷한 눈동자가 더 이상 순해 보이지
않는다는 것을 알았기 때문이다.

선명한 감정이 담긴 그의 두 눈은 깊고 무거운 빛을 발하고
있었다.

화태건은 산하의 저런 눈빛을 본 적이 있었다.

강서칠흉과 싸울 때.

그러나 지금 산하의 눈에 떠오른 빛은 그때와 비교할 수 없
을 정도로 강렬했다.

화태건은 입술을 깨물었다.

'형님이… 화나셨다.'

지금 산하의 가슴을 채우고 있는 것은, 분노였다.

『철산대공』 2권에 계속…

저작권 보호!!

장르문학의 성장에 힘이 되어주십시오.

저작물의 무단 전재와 복제, 불법 다운로드!
이것은 관심이 아니라 무관심입니다!

작가님들은 창의적 열정과 시간을 투자해 자신의 꿈과 생계를 유지합니다.
한 권의 책을 만들어 많은 사람들은 자신의 인생과 미래를 설계합니다.

저작물 속에는 여러 사람의 노력과 희망이
담겨 있습니다!

저작물의 무단 전재와 복제, 불법 다운로드는 여러 사람들의 꿈과 생계를
위협함으로써 장르문학을 심각한 상황에 빠뜨리고 있습니다.

이제는 무관심이 아니라 관심으로 장르문학의
성장에 힘이 되어주세요.

[도서출판 청어람은 항시적인 저작권 보호를 통해 장르문학과
여러분의 희망을 지키겠습니다.]

청어
도서출판 람